엄마 그렇게 키워선 안 됩니다

엄마, 그렇게 키워선 안 됩니다

초판 1쇄 • 2014년 8월 15일

초판 4쇄 • 2017년 3월 7일

지은이 • 이시형

펴낸이 • 안대현

편 집 • 박영임

디자인 • 디자인스튜디오 203 대전

펴낸곳 • 도서출판 풀잎

등 록 • 제2-4858호

주 소 • 서울시 중구 필동로8길 61-16

전 화 • 02-2274-5445/6

팩 스 • 02-2268-3773

ISBN 979-11-85186-10-8 03800

값 12,000원

• 이 도서의 국립중앙도서관 출판예정도서목록(CIP)은 서지정보유통지원시스템 홈페이지(http://seoji.nl.go.kr)와
  국가자료공동목록시스템(http://www.nl.go.kr/kolisnet)에서 이용하실 수 있습니다.
  (CIP제어번호 : CIP2014022229)

| 아 직 도 아 이 성 적 에 긍 긍 하 는 가 ? |

엄마 그렇게 키워선 안 됩니다

이시형 지음

21세기 아이를 키우는
20세기 엄마들을 위하여

요즘은 결혼을 늦게 하다 보니 이 책의 주 독자가 되는 초등학생 자녀를 둔 부모들은 40대 안팎이 될 것이다. 사실, 이 나이의 부모들은 한국 사회에서 가장 '문제가 많은' 부모 세대라 할 수 있다.

물론 그들의 잘못은 아니다. 엄밀히 따지자면 그렇게 키운 그들의 부모가 잘못이다. 문제 부모가 또 다시 문제 부모를 양산한 것이다. 안타까운 일이다. 그리고 더 멀리는 당시의 사회 분위기가 그러했다.

현재 40대 안팎의 부모들은 우리나라의 산업화 및 경제발전의 수혜를 누리며 IMF 전 유년기를 풍요롭게 보낸 세대들이다. 대신 그들의 아버지는 잘 살아보자는 일념으로 죽어라 일만 한 세대들이다. 70~80년대 우리나라의 경제 부흥을 일으킨 산업일꾼이자, 전사였다. 그러니 자녀교육은 아내에게 맡기고 자신은 돈 버는 기계로 전락했다. 그리고는 아이가 원하는 것은 뭐든지 사줬다. '가난의 한을 아이에게 물려줄 수 없다. 하나라도 더 누리며 살 수 있게 하는 것', 그것이 가족을 위한 길인 줄 알았던 것이다.

그렇게 아빠들이 밖에서 돈을 버는 동안, 엄마들은 집에서 살림하며 아이들 키우는 데만 전념했다. 이들이 바로 우리나라에서 유일하게 전업주부라 불리던 세대다. 시간과 에너지가 넘치는 엄마들은 하나부터 열까지 아이 일에 전념했다. 내 아이를 최고로 키우겠다는 생각으로.

학교 성적은 무조건 좋아야 한다. 학교 성적이 아이의 성공과 행복을 보장한다고 믿었기 때문이다. 또한 아이의 성적이 엄마의 자녀교육 점수와 직결됐다. 만약 아이 성적이 형편없으면 남편에게 집에서 뭐했냐며 타박을 받기 일쑤다. 공중도덕이나 예절, 인성교육은 뒷전으로 밀려났다. 공부만 잘 한다면 다른 건 아무래도 좋다. 이러한 부모 밑에서 자란 아이들이 커서 지금의 부모 세대가 된 것이다. 문제 부모의 대물림이 된 셈이다.

● 미래사회가 원하는 인재란

근데, 지금의 부모들은 그들의 부모보다 한 수 더 뜬다. 모든 면에서 더욱 강력해졌다. 학교에서 학원, 그리고 또 다른 학원으로 아이를 분주히 실어 나르며 아이의 일과를 통제하는 헬리콥터 맘이 등장했다. 집에서는 아이가 공부에만 집중하도록 '현대판 귀주'라 불리는 1인용 독서실에 아이를 집어넣는다고 한다.

하지만 생각해볼 문제가 있다. 미래사회, 아니 요즘 우리사회에서 원하는 유능한 인재는 단순히 학력만 높은 인간이 아니라 인성,

감성, 사회성, 창의력을 두루 갖춘 인재라는 점이다. 이미 기업에서는 A학점보다 면접 점수를 더 중시한다. 기업 CEO들이 인문학 공부에 열을 올리고 있는 이유도 생각해봐야 한다.

기업이 바뀌니 대학도 신입생을 뽑는 기준이 바뀌고 있다. 자연계에서 유일하게 수능 만점을 받은 학생이 서울대 의대에 떨어진 일이 있다. 기존의 구술면접을 미국, 캐나다 등에서 의대생 선발에 활용하고 있는 다면 인·적성 면접으로 바꾼 탓이다. 인·적성 면접은 '고전인 홍길동전을 21세기식으로 재해석해보라', '친구가 목돈을 빌려달라고 하면 어떻게 할 것인가' 등 다양한 질문과 상황을 제시해 학력 외적인 요소를 평가하는 방식이다.

수능 성적은 엇비슷하기 때문에 이제 면접점수에 따라 당락이 결정될 확률이 높아졌다. 우리 사회를 위해 다행스러운 변화이다.

한데 문제는 우리 엄마들은 여전히 20세기 교육법으로 아이들을 키우고 있다는 점이다. 20세기를 지나온 엄마들은 어쩌면 살벌한 경쟁시대, 약육강식의 시대를 겪은 불쌍한 세대다. 하지만 그렇다고 당신들이 살아온 대로 아이를 키워선 안 된다.

아이들은 신나게 놀 줄 알아야 하며, 가끔은 멍하게 머리를 비우는 시간도 가져야 한다. 그래야 감성과 창의성이 발달된다. 타인을 배려하고, 남과 더불어 사는 법도 배워야 한다. 그래야 인성과 사회성, 공중도덕을 기를 수 있다.

가치관이 바뀌면서 우리 사회의 성공과 행복의 기준도 바뀌고 있다. 아이의 성공에 남의 눈물이 들어 있어선 안 된다. 아이의 성공 보따리에는 타인의 행복이 들어 있어야 한다. 이것이 내가 21세기 아이를 키우는 엄마들에게 당부하고 싶은 말이다.

● 이 시대 30~40대,엄마들을 위한 자녀교육 멘토링

본서는 저자가 자녀를 키우는 엄마, 아빠들에게 해주고 싶은 말로 나눠 구성한 것이다. 여기에 뇌과학적 근거들과 현업에 있을 때의 상담사례들을 곁들여 이해를 도왔다. 물론, 엄마편과 아빠편을 함께 읽어도 좋다. 부부가 같이 읽는다면 더 좋을 것이다.

본서에 실린 내용들은 여든이 넘은 저자가 인생 선배로서 이 시대 30~40대 엄마, 아빠들에게 전하는 진심 어린 조언들이다. 요즘 부모들은 자녀교육에 관심이 많다. 하지만 소신 없이 흔들리는 부모들이 많다. 부모부터 중심을 잡아야 한다. 그래서 내용의 상당부분이 다소 엄하게 들릴 수 있다. 쓴 소리도 서슴지 않았다. 그만큼 후세를 위한 저자의 애정 가득한 당부라고 생각해주길 바란다.

부디, 인생 선배의 진심 어린 뜻이 자녀를 키우는 이 땅의 엄마들에게 닿길 바란다.

2014년 8월
저자 이시형

CONTENTS

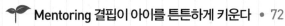

CONTENTS

엄마의불안이
아이를망친

MENTORING 마마보이

공주로 자란 엄마들의 잘못된 육아.

세상이 바뀌어 가는 것도 모른 채 부모에게 배운 대로 자신의 아이들을 과잉보호로 키우는 엄마들이 많다. 애정 절제가 필요하다.

자상한 엄마가 현명한 엄마는 아니다.

모자는 친하되 서로는 독립된 개체로서 경계가 분명해야 한다. 매사에 아이를 위해 배려하는 것까진 좋다. 하지만 그걸 표현해선 안 된다.

말없이 지켜만 봐라.

하나부터 열까지 엄마가 옆에서 시중을 드는 애정 과잉, 기대 과잉, 서비스 과잉, 간섭 과잉, 잔소리 과잉이 아이들을 망쳐 놓는다.

요즘 엄마는 누구인가

금이야 옥이야 자란 공주들이 이제 엄마가 되었다. 이들은 세상이 바뀌어 가는 것도 모른 채 부모에게 배운 대로 자신의 아이들을 과잉보호로 키우고 있다. 애정 절제가 필요하다.

아이들을 학교에서 학원까지 실어 나르며 일거수일투족을 일일이 챙겨야 직성이 풀리는 헬리콥터 맘이 극성이다.

이들 엄마는 대학 입시를 위한 포트폴리오도 관리해준다. 입시 철마다 서울에 있는 웬만한 대학의 입학처는 학부모들의 각종 문의나 항의로 몸살을 앓는다. 대학별 고사 당일에는 자녀를 데려다주려는 차량 행렬 때문에 인근 지역까지 교통이 마비돼 경찰이 출동할 정도다.

아이가 대학에 가면 수강신청을 대신해주고, 성적이 안 나오면 교수를 찾아가 따지기도 하고 성적 좀 올려달라고 부탁한다.

학교를 졸업한 뒤 취직을 해 사회인이 되어도 참견은 계속된다. 회사에서 문제가 생길 때마다 회사도 쫓아다닌다. 이쯤 되면 간섭이 아니라 아이 인생에 월권을 행사하는 것이다. 누구의 인생도 대신 살아줄 수는 없는 법이다.

왜 이런 극성 엄마가 양산되는 것일까. 먼저 그들이 자란 독특한 성장배경부터 주목해야 한다. 한마디로 극성 부모는 경제성장의 수혜를 받고 자란 왕자, 공주들이었으며, 그들의 부모는 70~80년대 우리나라 산업화를 이끈 주역들이었다. 농경생활을 할 때만 해도 일터와 가정의 구분이 없었다. 남자와 여자라는 구분 없이 일을 해야 했다.

그러나 산업화, 도시화가 가속화되면서 남편은 일터로, 아내는 집에서 육아와 가사에 전념했다. 우리나라 역사상 처음으로 전업주부라는 말이 탄생한 것이다.

시골에서 상경한 아버지는 새벽부터 밤늦게까지 일을 하는 산업전사, 회사형 인간이었기에 아이들 교육에는 신경 쓸 겨를이 없다. 집에서는 잠만 자기 바쁘다. 전업주부 어머니는 혈혈단신 도시로 올라와 할 일도 없고, 아는 사람도 없다. 하지만 시간과 열정은 넘쳤다.

할 수 있는 것은 오로지 아이 공부 시키는 것밖에 없다. 많지도 않은 아이에게 온 신경을 집중한 것이다. 전적으로 아이에게 매달려 모든 것을 쏟아 부었다.

그렇게 옥이야 금이야 자란 세대들이 이제 부모가 되었다. 이들은 세상이 바뀌어 가는 것도 모른 채 부모에게 배운 대로 자신의 아이들을 과잉보호로 키우고 있다. 헬리콥터 맘들은 평생 자녀 주위를 맴돌며 자녀의 일이라면 무엇이든 발 벗고 나서는 열혈 엄마들이다. 자기 마음에 안 들면 수업 중 선생 멱살을 잡는, 수준 미달의 부모도 있다.

미국에선 이런 부모를 '괴물 부모'라 부른다. 이런 부모가 행패를 부리면 교장은 즉각 경찰에 연락, 체포·재판에 회부되도록 엄한 벌이 제정되어 있다.

요즘 부모들은 '기죽지 마라', '지지 마라'라고 가르치지 '양보해라', '참아라'라고 가르치지 않는다 그러니 자기밖에 모르는 아이들이 늘 수밖에.

인성 교육은 뒷전이다. 아이중심적인 교육환경에서 아이들은 적절한 통제와 절제를 배우지 못한 채 자라고 있다. 애정일변도의 아이 중심교육이 세대를 건너 이어지면서 자기조절력 결핍 증후군이 만연되고 있다. 이것이 오늘날 각종 사회문제의 씨앗이 되고 있다. 지금이라도 우리 아이들의 훈육에 어떤 문제가 있는지 냉철하게 돌아봐야 한다.

✚ Brain

적절한 절제로 자기감정 조절력을 키워야

공주, 왕자로 자란 아이들은 자기감정 조절력이 부족해 걸핏하면 공격적으로 폭발하고 충동적으로 행동한다. 참을성도 없고 기다릴 줄 모르며, 작은 고난도 이겨낼 내성이 없다. 당연히 인간관계나 사회생활을 제대로 할 수 없다.

이는 뇌 속에 세로토닌 대신 공격적인 노르아드레날린이 넘치기 때문인데, 전전두엽의 한 부분인 안와전두피질(OFC)의 발달 미숙이 원인이다. 안와전두피질은 변연계와 전두엽을 잇는 연결통로이자, 좌뇌와 우뇌 사이에 끼어있다. 따라서 감각기관이 보내오는 정보를 분석하고, 원시적 감정과 충동적 욕구가 올라오고 있는 변연계를 통제하고 여러 대뇌피질들에서 보내는 정보와 전전두엽의 이성적 사고를 감정과 적절히 조합해 합리적인 판단을 내리는 곳이다.

즉, 자기감정 억제뿐 아니라 공감력, 감정이입력, 스트레스 감내능력 등 인간으로서 지녀야 할 기본적 능력이 안와전두피질의 발달에 달려있다. 만약 변연계를 통제하지 못하면 감정적이고 충동적인 행동을 보이고, 반대로 이성적인 전전두엽에만 치우치면 인간미 없는 인간이 된다.

이 기능은 세 살 이전에 형성되어야 한다. 충분한 애착으로 신뢰감을 주되, 돌이 지나면서 차츰 '안 돼!'라는 제지가 있어야 감정 억제에 필요한 회로가 생긴다. 애정일변도로 양육하면 아이는 참고 기다리며 억제해야 할 필요를 느끼지 못한다. 갓난아이에게는 원래 억제력이 없다. 양육과정에서 부모가 적절히 '안 돼!'라는 억제 자극을 줘야 한다.

● ● ●

무언의 훈육

옷 입는 것 하나까지 참견하고 신경 쓰는 엄마, 아이들에게 스스로 할 수 있는 기회를 주자. 그러기 위해선 기다려야 한다. 입을 다물고 기다려야 한다. 지금처럼 아이가 하는 행동 하나마다 잔소리를 한다면 어떻게 아이 스스로 뭔가를 해볼 수 있겠는가?

'춥다, 옷 입어라.', '덥다, 옷 벗어라.'

혹시 아이들에게 이런 말을 해본 적이 있는가? 했다면 왜 그런 말을 하게 되었는지 생각해본 적이 있는가? 하지 않고는 못 배긴 것인지, 습관적으로 그렇게 한 것인지 그리고 그러한 엄마의 태도가 아이들의 장래에 어떤 결과를 가져올 것인지 생각해본 적이 있는지 모르겠다.

옷 입는 것 하나까지 참견하고 신경 쓰는 엄마, 별거 아닌 작은 일이라 생각할 수도 있다. 하지만 이게 쌓이면 아이는 나약하기 이를 데 없는 사람이 된다는 사실을 명심해야 한다. 부모 입장에서는 자식은 늘 물가에 내놓은 아기처럼 걱정스럽기 마련이다. 매사에 아이를 위해 배려하는 것까진 좋다. 하지만 그걸 표현해선 안 된다. 추울텐데 하는 걱정까진 좋다. 하지만 옷 입으란 소리를 해선 안 된다는 것이다. 그렇게 해야 관심을 표하는 게 되고, 그걸 애정의 표현으로 생각한다면 그건 천만에다.

춥다, 옷 입어라? 조금만 참고 지켜 볼 순 없을까? 한 번만 더 생각해보고 말할 순 없을까? 춥다니? 이건 엄마의 느낌이지 아이의 생각은 아니다. 아이를 기준으로 생각해야 한다. 아이는 더워 땀을 뻘뻘 흘리고 뛰어 노는데 춥다는 건 엄마의 짐작일 뿐이다. 모자간에 경계가 없다는 증거다.

모자는 친하되 서로는 독립된 개체로서 경계가 분명해야 한다. 덥다, 목마르다, 배고프다……. 이건 모두 엄마의 생각이지 아이가 실제로 그런 것은 아니다. 설령 아이도 춥다고 치자. 그러면 제가 알아서 하나 더 입을 일이다. 거기까지 엄마가 나서선 안 된다. 그건 자기 판단이요, 책임이다.

야외에 나가면 춥다는 걸 모른다고 치자. 그래도 아이 판단에 맡겨라. 잘 챙겨 가지 않아 추워서 떨었다면 그것도 좋은 교훈이다. 그리고 아이들은 더러 추워도 봐야 한다. 언 손을 불고 오들오들 떨어봐야 부신피질의 방위 호르몬이 분비되어 생리적으로도 튼튼한 아이가 된다.

감기? 최악의 경우 감기가 들 수도 있다. 감기도 더러 앓아야 우리 몸에 병을 이기는 저항력이 길러진다. 감기를 앓고 누워 있는 동안 조심성 없었던 자신을 후회도 할 것이다. 다음번엔 겉옷 하나 가져가야겠다. 이것이 체험으로 얻는 산 교훈이다.

"저는 사내아이 둘을 키우고 있습니다."

강연장에서 젊은 어머니가 항의성 질문을 했다.

"말을 말라니요? 그게 말이나 되는 소리입니까? 아무 말 안 해도 아이들이 잘만 해준다면 왜 잔소리를 합니까?"

이 어머니는 단단히 화가 난 어조였다. '남자들이 어머니의 고충을 얼마나 안다고 하는 소리냐? 개구쟁이 둘과 잠시라도 함께 지내 본 사람이라면 그런 말을 쉽게 할 순 없을 것이다. 아무 말 않고 지켜보라니! 잠시 그냥 두면 당장 집이 엉망이 될 텐데…….' 대충 이런 뜻이리라.

많은 어머니들이 고개를 끄덕였다. 모두가 이 어머니의 항의성 질문에 동의하는 모습이었다. 하지만 내 생각은 그 반대다. 말이 많기 때문에 아이들이 잘 할 수가 없다는 점이다. 난 이 점을 이해시키는 데 아주 힘들었다.

난 그 날 '어머니의 과잉'에 대한 이야기를 하고 있었다. 애정 과잉, 기대 과잉, 서비스 과잉, 간섭 과잉, 잔소리 과잉까지. 이 과잉이 아이들을 망쳐 놓는다고 열변을 토한 것이다. 특히 문제아의 어머니는 예외 없이 말이 많다는 사실을 강조하면서 말없이 하는 교육, 즉 무언(無言)의 행(行)을 강조했다.

오늘부터라도 좋다. 일단 아이들에게 어머니의 새로운 교육 방침을 선언하고 그 날부터 일체 간섭성 말을 하지 말자는 것이다. 마음에 안 드는 일이 있어도 조용히 지켜만 보자. 물론 쉽지 않을 것이다. 어머니들은 거의 습관적으로 아니 모성본능 상 작은 일에도 입을 열게 되어 있다.

숙제? 안 하면 안 한대로 그냥 두자. 안 해가면 선생님께 야단맞겠지. 그것도 스스로 책임을 지게 하는 중요한 교육이다. 늦잠? 깨우지 마라. 자명종 시계만 사주면 된다. 몇 시에 일어나야 하는지, 시간 조절을 어떻게 하는지 스스로 터득하게 된다. 자각이 중요하다. 그러다 아침 먹을 시간이 없으면 굶겨 보내라. 배고프면 다음 날부터 스스로 일찍 일어나게 된다.

걱정은 끝이 없을 것이다. 그래도 참고 견뎌라. 좀 지나면 스스로 터득하고 자립하는 시기가 올 것이다. 아이들의 나쁜 생활 습관을 고친다는 건 쉬운 일이 아니다. 몇 달이 걸리더라도 기다려야 한다. 중도 포기하면 안 된다.

어떤 어머니는 하루, 아니 단 몇 시간도 못 견딘다. '고함 한 번 지르니까 이렇게 시원하고 당장 효과가 있는데?' 그런 항의도 이해는 간다.

하지만 '속이 시원하다'는 뜻이 무엇인지 생각해본 어머니라면 부끄러운 마음이 들 것이다. 아이의 교육을 위해서가 아니라 자기 속 후련하려고 고함을 지른 것이다. 그 철부지를 향해 분풀이를 한 셈이다.

말없이 지켜만 보라는 내 뜻이 이해되었으면 좋겠다. 아이를 믿고 아이에게 맡겨야 한다. 그래서 드디어 스스로 할 수 있게 되는 날 아이들도 무한한 긍지와 성장의 보람을 갖게 될 것이다. 시켜서 하는 것과 스스로 알아서 하는 것은 그야말로 하늘과 땅 차이다.

한 번 물어보자. 당신의 아이가 어느 쪽이 되었으면 좋겠느냐. 대답은 뻔할 것이다. 그렇다면 아이들이 스스로 할 수 있는 잠시의 여유와 기회를 주자는 거다. 그러기 위해선 기다려야 한다. 지금처럼 아이가 하는 행동 하나마다 입을 댄다면 어떻게 아이 스스로 뭔가를 해볼 수 있겠는가?

말을 하지 않아도 부모 하는 걸 지켜보면서 아이들이 스스로 알아서 할 수 있다면 이보다 더 좋은 일은 없다. 핏대를 올려 꾸중할 것도 없는 참으로 이상적인 교육 방법이다. 이걸 알면서 왜 잘 하지 못할까? 왜 말이 많아지는 것일까? 거기엔 두 가지 큰 이유가 있다.

첫째, 말 없는 속에서도 아이들이 배울 수 있으려면 부모가 모범적인 행동을 보여줘야 한다. 말이 아니라 평소 생활에서 아이들이 보고 따르도록 부모의 역할을 분명히 하고 집안 분위기를 건전하게 가꾸어 가면 아이들에게 굳이 이래라 저래라 잔소리를 할 필요가 없다.

헌데 이게 쉬운 일이 아니다. 게가 옆으로 걸으면 새끼도 따라서 옆으로 걷게 마련이다. 자식만은 똑바로 걸었으면 하는 욕심이 결국 말을 하게 한다. 나는 괜찮지만 넌 안 된다는 이야기다. 애들이 수긍할 리가 없다.

똑똑한 애라면 더욱 그럴 것이다. 결국 마찰이 생긴다. 고함이 오가다 끝내는 '시키는 대로 해!'하고 강압적인 협박까지 하게 된다. 부모가 바르게 못하면 아이들 교육이 어려운 것은 이 때문이다. 시원찮은 부모일수록 아이들 앞에서 말이 많아진다. 말이 많아지다 보니 아이는 문제아가 될 수밖에 없다.

진료실에 모자가 함께 찾아온 경우, 엄마를 보면 아이 진단이 가능하다. 이런 엄마는 대개 아이는 밖에 앉혀 놓고 자기만 먼저 들어온다. 엄마가 선생님에게 무슨 말을 일러바칠까, 밖에서 기다리는 아이는 불안하다.

해서 아이도 함께 상담하자고 불러들이면 그래도 아이는 뒷전, 계속 엄마가 나선다. 환자용 의자도 엄마가 차지하고 앉는다. 이쯤 되면 누가 진찰을 받으러 온 환자인지 분간이 안 된다.

아이한테 물어도 엄마가 대답한다. 아이 역시 으레 그러려니 하고 엄마 얼굴만 쳐다보고 앉았다. 이래저래 엄마는 말이 많아질 수밖에 없다. 이쯤 되면 이 아이의 문제점은 분명히 부각된다. 엄마의 다변, 엄마의 불안이 문제의 핵심이었다.

둘째, 잔소리꾼 엄마들은 기다리지 못한다. 아이가 조금만 옆길로 가도 즉각 한마디 해야 한다. 조금만 떠들어도 조용히 해라, 뛰지 마라……. 아이들의 일거수일투족에 간섭이다. 잠시 참고 기다리면 아이들은 스스로 제자리를 찾아 돌아온다. '아, 이게 아니구나.' 아이들은 잠시 후면 뉘우치고 스스로 조용해진다.

그런데 엄마는 그 잠시를 못 참는다. 거의 반사적으로 한마디 해야 한다. 엄마의 참견이 물론 틀린 말은 아니다. 다만 스스로 알아서 그만두는 경우와 부모의 간섭에 의해 그만두는 경우는 교육적 효과에서 정반대의 차이가 난다.

'조용히 해!' 위압에 눌려 잠시 조용해질 수는 있다. 하지만 그 소리 듣고 기분 좋은 아이는 없다. 반감이 생긴다. 잠시 후 또 떠들기 시작한다. 또 고함을 질러야 하고……. 이러한 악순환이 계속되면 결국 부모는 잔소리쟁이로 전락하고 만다.

우리 집 아이들이 워낙 별나서 매번 잔소리를 하지 않으면 안 된다고 하는 엄마들도 있다. 그러나 천만에다. 애들이 그토록 별나게 된 건 어른 잔소리가 많았기 때문이다. 이게 서로 맞물려 점점 상황이 악화되어 간 것이다.

아이들 하는 일이란 게 잘못될 수도 있다. 하지만 그래도 참고 기다릴 줄 알아야 한다. 괜히 부모가 불안하니까, 자신이 없으니까 작은 일에도 참고 기다리지 못한다. 한마디 거들어야 직성이 풀린다. 아이를 위한 게 아니라 부모 자신의 불안 때문이란 사실을 잊어선 안 된다.

부모가 아이들 하는 일에 매사에 끼어들면 아이들은 괜히 소심해지고 위축된다. 행동이 주저되고 결단을 못 내리는 소신 결핍증에 걸리고 만다. 이게 모두 부모 자신의 자신감 결여에서 비롯된다는 사실을 명심해야 한다.

마마보이보다 키 보이가 낫다

키 보이는 사교성·독립성·자주성이 다른 아이들보다 더 강할 수밖에 없다. 하나부터 열까지 엄마가 옆에서 시중을 드는 과잉 보호보다는 혼자 집을 지키는 키 보이가 훨씬 교육적이다.

나는 어릴 적부터 혼자 집을 보게 되는 일이 자주 있었다. 고향 마을에 행사가 있을 적이면 으레 집 지킴이였다. 형은 맏이니까 가야 했고, 동생들은 어리다고 데려가고, 당번은 으레 둘째인 내 차례였다. 하지만 나는 개의치 않았다. 오랜만에 고향에 가는 것도 좋지만 집에서 혼자 빈둥거리는 것도 나쁘진 않았다. 혼자 내 성을 지킨다는 긍지도 있었고 가족을 대신해 책임을 다한다는 사명감 같은 것도 느낄 수 있었다. 혼자서 맛있는 것도 해먹고 친구들 불러 마음껏 떠들고 노는 재미도 좋았다.

혼자 있는 집은 일상과는 전혀 다른 기분이다. 새로운 나를 만나는 기분이기도 하다. 나 혼자 뒹굴고, 밤늦게까지 있어도, 아침 늦잠을 자도 누가 뭐랄 사람이 없어 좋았다. 구속에서 해방된 기분이다. 애먹일 동생들이 곁에 없는 것도 홀가분해서 좋았다. 솔직히 이때만 해도 형제 많은 게 마치 원수처럼 느껴질 때도 많았다.

혼자라는 기분은 자유롭고 여유가 있어 좋다. 그러나 간섭이 없으니 내가 알아서 모든 걸 처리하지 않으면 안 된다. 자신에 대한 책임을 져야 한다. 때론 겁이 나기도 했지만 모든 게 내 관장, 내 책임 하에 있다고 생각하니 어쩐지 어른스러워지는 기분이 들기도 했다.

아이들에게 때론 이런 기분을 맛보게 하는 건 값진 체험이라고 나는 확신한다. 이런 일이 있을 적마다 확실히 성장한 자기 모습을 발견하게 된다. 이러한 체험이 쌓여 어른이 되는 게 아닐까?

아파트 열쇠를 갖고 학교 가는 아이를 키 보이라 한다. 귀가해도 맞벌이 부모가 집에 없으니 제 손으로 문을 따고 들어가야 한다. 배고프면 혼자 라면도 끓여 먹고 놀러 나갈 때 또 문을 잠그고 나가야 한다. 사는 데 쫓기는 워킹맘은 아이를 돌볼 시간이 없다. 하긴 요즈음은 직장이 없는 엄마가 바쁘긴 더하다. 동창회, 계모임만 해도 정신이 없다. 해서 키 보이가 바쁜 현대 가정의 희생양으로 상징되고 있다.

불쌍한 것, 학교에서 돌아와도 어미 없는 텅 빈 둥지에서 그 어린것이 얼마나 공허하고 외로울까? 이건 아주 현대판 고아다. 집은 있되 가정이 없는 아이다. 그리고 혼자 있을 적에 돌발사태라도 발생하면 그 어린것이 얼마나 당황할 것이며 또 얼마나 무서울까?

사람들은 키 보이에 대한 동정 일색이다. 그래선 안 된다는 것이다. 각박한 현대사회의 비극이라고들 입을 모으고 있다. 아이를 그렇게 방치해둔 우리 모두는 깊은 죄책감으로 반성해야 한다는 것이다. 그런 논조를 반박하고 싶은 생각은 없다. 상당 부분이 사실이기 때문이다. 실제로 키 보이가 집을 지키다 사고를 일으킨 경우는 많다. 겁에 질려 불안증에 걸린 아이도 있고, 외로움을 못 이겨 울기만 하는 아이도 있다.

하지만 내가 여기서 분명히 해두고 싶은 것은 대다수의 키 보이는 이런 걱정과는 달리 건강하다는 사실이다. 더 사교적이고 독립심이 강한 아이로 자라고 있다는 사실이다. 그럴 수밖에 없다. 필요에 의해서라도 녀석은 이웃집 아줌마와 평소에 잘 사귀어 둬야 한다. 엄마가 안 계실 때 갑자기 일이 생겨 급한 대로 도움을 청할 수 있는 곳은 이웃 아줌마이기 때문이다. 엄마가 정 늦으면 이웃집에서 저녁 한 끼 신세지기 위해서라도 평소에 잘 사귀어 두지 않으면 안 된다. 집에 데려와 함께 놀 수 있게 친구도 잘 사귀어야 한다. 혼자서도 잘 지낼 수 있는 방법을 마련해두어야 한다. 귀찮은 숙제를 미리 해두는 방법도 있을 것이고, 독서나 음악을 들을 수도 있을 것이다.

이런 일들은 혼자 집을 보며 필요에 의해 강구되는 일이어서 학습 면에서 훨씬 능률적이고 효과적이다. 사교성·독립성·자주성이 키 보이에게 더 강한 이유다. 어쨌든 최악의 경우를 생각해서라도 하나부터 열까지 엄마가 옆에서 시중을 드는 과잉보호보다는 혼자 집을 지키는 키 보이가 훨씬 교육적이라는 이야기다.

조급증은 금물

아이의 개성은 싫든 좋든 아이의 것이다. 어머니 마음에 안 든다고 바꾸려 해선 안 된다. 이건 횡포다. 만약 아이가 철이 들어 그런 자기가 싫고 불편하다면 그때 고치려고 노력할 것이다.

엄마와 함께 진료실에 들어온 초등학교 1학년 아이가 있었다. 겨우 의자에 앉긴 했지만 어떻게 왔느냐는 질문엔 대답이 없었다. 벌써 얼굴이 발개지고 손이 파르르 떨리고 있었다. 무슨 말인지 하려고 애를 쓰는데 잘되지 않았다.

'무척 내성적인 아이구나.'

비록 말은 없지만 아이는 나한테 많은 이야기를 하고 있었다. 나름대로 자기 뜻을 전달하려고 무진 애를 쓰고 있었다. 한데 문제는 엄마였다.

"글쎄 저렇다니까요. 반에서도 저래요."

도저히 더 기다릴 수 없는 모양이었다.

"어릴 적부터 남 앞에선 말을 안 해요. 동네 아줌마가 '너 많이 컸구나. 몇 살이지?'하고 물으면 그만 내 뒤에 숨기부터 하는 걸요."

"그래서요?"

"'네 살입니다'하고 대답하라고 가르쳐도 안 돼요."

"엄마가 대신 잘해주는데 저 아이가 대답을 왜 해야 돼죠?"

"나라도 대답을 해야죠. 사람들이 아이를 바보로 알 것 아녜요. 그럼 점점 기가 죽어 더 말을 못할 거 아녜요."

이 점이다. 기를 살리기 위해 엄마가 대신해준다. '대답도 못해!' 하고 윽박지르는 엄마에 비한다면 한결 낫다. 욕심 같아선 누가 물으면 '예'하고 일어서서 큰 소리로 대답을 했으면 좋겠지.

대개의 엄마들은 아이가 그러길 바란다. 그렇게 키우려고, 그렇게 고치려고 노력한다. 하지만 그게 어디 쉽던가. 안 되니까 답답하다. 대답이 안 나오면 기다리지 못하는 엄마가 대신한다.

그러나 명심하라. 아이의 자기표현은 어른과는 다르다. 눈으로, 몸짓으로, 자기 방식대로 한다. 이 때 중요한 것은 엄마가 기다려줘야 한다는 점이다. 속이 답답하다고 대신해주면 아이는 정말 기가 죽는다. 자기 방식의 표현이 거부된다면 아이는 그나마도 하지 않게 된다.

나는 이 엄마에게 아이의 개성부터 가르쳐야 했다. 물론 내성적이란 것쯤은 익히 알고 있었다. 다만 그래서는 안 된다는 게 엄마의 판단이었고 그게 문제였다.

아이의 개성은 싫든 좋든 아이의 것이다. 엄마 마음에 안 든다고 바꾸려 해선 안 된다. 이건 횡포다. 억지로 고치려는 건 폭력이다. 그리고 그 상처는 아이에게 오래도록 깊이 남는다.

엄마에겐 그럴 권리가 없다. 그리고 개성은 상당 부분 타고난 것이다. 해서 이건 쉽게 바뀌지는 게 아니다. 만약 아이가 철이 들어 그런 자기가 싫고 불편하다면 그때 고치려고 노력할 것이다.

물론 그건 하루아침에 되는 일이 아니다. 어쩌면 그건 일생에 걸쳐 해야 할 과업일는지 모른다. 혹은 어른이 된 후 내성적인 자기 개성에 매력을 느끼게 될지도 모른다. 아니면 그런 대로 자기 개성에 맞게 살아가는 방법을 터득하게 될 것이다.

어느 쪽이든 엄마가 싫다고 고치려 해선 안 된다. 조급증은 더욱 금물이다. 개성은 아이 것이요, 아이의 특권이다. 엄마의 가치판단에 따라 싫고 좋고 나쁘고 할 시비의 대상이 처음부터 아니다.

이 점을 세상의 엄마들은 분명히 해주시기 바란다. 싫고 좋고는 아이 몫이다. 그 판단은 아이가 하는 것이다. 누구도, 물론 부모도 이 특권을 침해해선 안 된다.

난 그 엄마에게 이 점을 분명히 하고 다시 아이와 마주 앉았다.

엄마도 꼭 막힌 사람은 아니었다. 엄마가 밖으로 나간 후 몇 학년이 냐고 물었다. 아이는 손가락 하나를 내밀었다. 아까보다는 동작이 분명하고 빨라졌다.

"병원에 가자는 소리는 누가 했니?"

"이모, 큰 이모."

아이가 한 첫마디였다. 아주 똑똑한 목소리였다.

"넌 큰 이모와 친한 모양이구나?"

"네. 큰 이모가 병원까지 태워다 줬어요."

난 정말 이 아이와의 시간이 즐거웠다.

과잉염려는 천재를 장애아로 만든다

장애 대신 개성적인 아이, 독창적인 아이로 불러야 한다. 그게
안 되겠다면 '개성 있는 문제아' 쯤으로 해두자. 어른들의 보는
시각에 따라 아이들의 운명이 달라진다.

아이들에 관한 한 요즈음 엄마들은 걱정이 많다. 공부를 너무해
도 걱정, 안 해도 걱정이다. 친구가 많아도 걱정, 없어도 걱정, 너무
먹어도 탈, 안 먹어도 탈이다. 다른 아이와 비교해서 조금만 다르면
걱정이다. 요즈음 엄마들은 아는 것도 많아서 진단도 잘 내린다.

"과보호성 모성애 결핍증이라는데 이 진단이 맞습니까?"
친구 없이 주로 장난감과 놀기 좋아하는 아이였다. 겉으로 보기
엔 보통 얌전한 아이였다. 엄마가 계속 다그쳐 묻는다.

"권위 있는 상담소에서 붙인 진단인데……."

초조한 표정이 역력하다.

"잘 모르겠네요."

솔직히 난 그렇게 답변할 수밖에 없었다. 엄마가 깜짝 놀란다.

"어머나, 큰 병입니까? 이 박사님이 모르시면……."

불안한 엄마를 안심시키려고 오히려 아이가 조용히 엄마 손을 잡아 준다. 몇 가지 검사도 하고 다른 선생님의 의견도 물었다. 결론은 그저 '얌전한 아이'였다. 굳이 진단을 붙인다면 아이에게가 아니라 어머니에게였다. 과잉 염려증.

정신과 외래에서 흔히 보는 광경이다. 물론 조기 진단은 중요하다. 문제가 심각한데도 모르고 지내는 어머니보다야 낫다. 하지만 과잉 염려는 금물이다. 병원에 데리고 온 이상 의사들은 그냥 보내지 않는다. 하찮은 일까지 찾아내 기어이 진단을 내리고 마는 습성이 의사에겐 있다. 발달 장애, 정서 장애, 성격 장애, 학습 장애, 행동 장애……. 장애 종류만 해도 수없이 많다. 굳이 붙이려면 어떤 아이도 그 중 하나에 걸리게 되어 있다. 아무리 '정상적인 아이'라 하더라도.

우리는 여기서 '장애'라는 의미를 냉철히 따져 봐야 할 필요를 느끼게 된다. 장애란 어떤 기준에 못 미칠 때, 혹은 어떤 틀에서 벗어날 때를 말한다. 한데 그 기준이며 틀은 누가 만들었으며 누가 짰느냐. 세상의 어른이다. 부모나 교사가 자기들이 지금까지 살아온 기준에 따라 설정해놓은 틀이다.

공부 시간엔 선생님을 똑바로 쳐다보고 오직 공부 생각만 해야 한다. 이게 어른이 만들어 놓은 틀이요, 기준이다. 여기서 조금만 벗어나면 가차 없이 장애라는 딱지가 붙는다. 공부 시간에 장난을 치거나 밖을 보면 아이는 정서 장애다. 선생님이 물어도 대답을 못 하고 책상만 보고 앉은 아이는 성격 장애요, 그 학과에 흥미가 없어 성적이 나쁘면 학습 장애다. 얼마든지 붙일 수 있다. 아이의 사정은 물어보지도 않고 나타나는 현상만으로 장애라는 진단을 서슴없이 붙인다.

우리는 아직도 이런 획일적인 사고에 젖어 있다. 우리 사회가 다양화되고 가치관도 다양해졌다지만 사실은 전혀 그렇지 않다. 똑같은 TV를 보고 똑같은 교과서로 공부하고 신문까지 똑같다. 획일적인 학칙에 따라 움직여야 하고 입은 옷, 신발, 가방, 음악, 게임, 음식까지 모두 같다. 더구나 우리에겐 아직도 동질적인 것을 강요하는 농경민의 잠재의식이 강하게 남아있다. 이것이 이질적인 것, 개성적인 것, 다양성을 배격하는 요인이 되고 있다.

같아야 된다는 어른의 강박증이 더욱 획일적인 틀을 고집하게 만든다. 이 기준에 미달하고 기존의 틀에서 벗어나면 모두 장애다. 해서 난 젊은 의사들에게 장애란 진단을 내리는 데 각별히 주의하도록 당부하고 있다. 장애라는 딱지가 붙으면 진짜 장애가 되기 때문이다. 사람들이 그렇게 보고 그렇게 대하기 때문이다.

그 속엔 멀쩡한 아이들도 많다. 천재적인 아이들도 물론 섞여 있다. 개성적이고 독창적인 아이라면 그 틀에 맞을 리가 없기 때문이다. 평범한 보통 아이라면 몰라도 나름대로의 색깔이 있는 아이가 어찌 그 틀에 맞을 수 있으리요. 불행히도 우리 교육은 그 틀에 집어넣으려고 온갖 무리를 다하고 있다. 그러다 개성, 독창성을 억압 말살시키는 우를 범하고 있는 것이다.

장애 대신 개성적인 아이, 독창적인 아이로 불러야 한다. 그게 안 되겠다면 '개성 있는 문제아' 쯤으로 해두자. 어른들이 보는 시각에 따라 아이들의 장래 운명이 결정된다.

아이는 선천성과 후천성의 합작품

선천적인 소질과 후천적인 환경요인의 합작품이 곧 아이의 됨됨이다. 모범 부모 밑에서도 파출소 단골손님이 되는 아이는 천성적인 자질의 문제일 수밖에 없다. 열심히 했는데도 기대에 못 미친다면 그 선에서 자족할 수밖에 없다.

어느 부모인들 욕심이 없으랴. 멋지게 키워보리라. 훌륭한 사람으로 키우리라. 저마다 꿈도 크다. 최선을 다한다. 오직 자식의 앞날을 위해 어떤 희생도 치른다.

이게 부모의 심경이다. 하지만 세상 아이들이 다 부모 뜻대로 훌륭하게 자라진 못한다. 욕심의 반도 안찬다. 차라리 낳지를 말 걸하고 후회하는 경우도 적지 않다. 공부 좀 못하는 거야 약과다. 말안 듣고 속 좀 썩이는 것도 그런 대로 괜찮다. 도대체 얼굴을 들고다닐 수 없는 경우도 있다. 백수건달로 빈둥거리는 놈, 소년원·교도소를 제 집 드나들 듯 하는 놈도 있다. 사기나 치고 다니는 놈, 남의 등에 업혀 사는 놈, 깡패로 전락한 놈……. 이 모두 자식이 아니라 원수다.

어쩌다 우리 집 아이가 저 꼴로 되었을까? 아예 씨를 잘못 타고 난 것일까? 아니면 키우기를 잘못한 것일까? 누구도 여기에 분명한 해답을 줄 순 없다. 하지만 사례를 듣고 부모를 만나보면 어느 한 쪽에서 결정적 문제가 발견되기도 한다. 그러나 그것만이 전부는 아니다. 그보다 더 못한 가정에서 올바로 잘 자라는 아이도 많다.

그런가 하면 책에 쓰인 대로 올바로 잘 가르쳤는데도 아이는 영엉뚱한 방향으로 자라는 경우도 있다. 이 경우 부모는 큰 회의에 빠지게 된다. 도대체 어디가 잘못되었단 말이냐. 우리가 무엇을 잘못했기에, 무얼 잘못 가르쳤기에 아이가 저 모양으로 된단 말인가. 난 가끔 이런 부모를 만난다. 착한 사람들이다. 깊은 애정을 갖고 아이를 위해 최선을 다한 사람들이다. 별나게 키우려고 하지도 않았다.

사실이지 아이를 키운다는 건 상식이다. 특별한 재주나 요령이 있는 것도 아니다. 여느 집처럼 하는 대로 하면 되는 일이다. 과잉기대나 과잉보호를 한 흔적도 없었다. 애정결핍도 물론 아니었다. 그렇다고 성격이나 도덕적으로 문제가 있는 사람도 아니었다. 그런데도 왜 이 집 아이가 저 모양일까?

해답은 이제 아이 자신에게서 찾을 수밖에 없다. 부모가 아니라 아이다. 잘못 키운 게 아니라 잘못 자란 것이다. 이 아이는 처음부터 잘못 타고난 것이다. 체질적 요인에 문제가 있었던 것이다. 소질을 잘못 타고난 것이다. 극단적인 표현을 빌자면 천성을 그렇게 타고난 것이다. 씨앗이 잘못된 것이다.

아이들은 다 같지 않다. 갓 태어난 아이도 저마다의 기질이 다르다. 갓난아이부터 개성이 다르다. 밤 새 우는 아이, 신경질적인 아이, 잘 토하는 아이가 있는가 하면 잘 먹고 잘 노는 아이도 있다. 우리 성격은 이런 천부적인 기질을 바탕으로 자라면서 후천적 환경의 영향이 상호작용하여 형성되어 간다.

선천적인 소질과 후천적인 환경요인의 합작품이 곧 아이의 됨됨이다. 그러나 아이에 따라서는 어느 한 쪽 요인이 더 우세하게 작용하는 경우도 많다. 주정꾼 부모 밑에서도 출중하게 잘 자라는 아이는 타고나길 잘했다고 밖에 달리 설명할 길이 없다. 부모가 키웠다기보다 아이 스스로 자란 것이다. 모범 가정, 모범 부모 밑에서도 파출소 단골손님이 되는 아이 역시 천성적인 자질의 문제일 수밖에 없다.

아무리 부모가 출중하게 키우려 해도 워낙 나쁜 씨앗이면 효과가 없다. 토양을 가꾸고 알맞게 물을 주고 잡초를 뽑고 온갖 정성을 다 기울인다 해도 씨가 나쁘면 재목이 되진 못한다. 해서 지나친 자책감이나 좌절감은 금물이다. 최선을 다했다는 선에서 자위할 수밖에 없다.

가슴에 손을 얹고 생각해보자. 최선을 다했노라고 자신할 수 있다면 그것으로 만족해야 한다. 아이는 키우기 반, 저 되기 반이다. 그렇게 열심히 했는데도 기대에 못 미친다면 실망이야 되겠지만 그 래도 그 선에서 자족할 수밖에 없다. 아이는 키우는 대로 다 자라주 진 않는다.

마마보이 • • • •

　회사에 따라서는 신입사원 연수교육이 군대 훈련보다 더 힘들기도 합니다. 외진 곳에서 몇 주간 합숙생활을 해야 하며 낮에는 강의, 밤에는 극기훈련 등 빈틈없는 스케줄의 강행군입니다. 하지만 사원으로서 첫 출발이니 이 과정을 잘 마쳐야 하죠.

　한데 이상한 일이 일어났습니다. 얼굴이 핼쑥한 신입사원이 찾아와 집엘 다녀와야겠다는 것입니다. 연수 담당이 "힘이 들어 그러느냐"고 물었더니, "실은 엄마가 선물로 사 주신 우산을 잊고 왔는데 그걸 가져와야 되겠다"는 대답이었습니다. 우산? 담당은 이해할 수 없었습니다.

　"엄마가 선물로 주신 건데 가져와야겠습니다. 허전하기도 하고 엄마가 아시면 섭섭할 것도 같고 해서……."

　긴 대화 끝에 정신과 진찰을 받아보는 게 좋겠다는 결론이 났습니다. 그리고 그가 어머니와 함께 진찰실에 나타났을 때 마치 오누이처럼 다정하게 보였습니다. 문제의 우산도 들고 왔습니다. 예상대로 어머니가 먼저 입을 열었습니다.

　"이 아이는 덩치만 컸지 겁이 많아요. 선생님이 진단서를 잘 써서 집에서 출퇴근할 수 있도록 좀 해주세요."

　그는 전형적인 '마마보이(Mama Boy)'였습니다. 모든 걸 엄마가 다 알아서 해주는. 고로 엄마 없이는 아무 것도 못합니다. 이런 사람은 신체적으로나 정신적으로 나약합니다. 공부도 힘들면 포기합니다. 학교 적응도 못하고, 직장을 구해도 오래 못 가는 경우가 많습니다. 그나마 제 힘으로 들어간 것도 아닌데 그저 비실비실, 힘들어 좀 쉬어야겠으니 진단서를 끊어 달라고 합니다.

이쯤 되면 이 큰 아이의 장래는 보나마나 입니다. 집에서 어리광이나 부리고 빈둥거리는 것이 훨씬 편한데, 그 힘든 직장에는 왜 다니겠습니까? 소위 사회인으로서의 의무와 책임을 회피하는 의존성 성격자가 되는 것입니다.

물론 부모도 이쯤 되면 걱정입니다. 차츰 압력을 가하면 아이는 점점 더 비슬거립니다. 짜증을 부리게 되고, 가출 소동도 일으키고, 욕설이 오가며 애정이 애증으로 변하는 불행의 여로를 걷게 됩니다.

왜 요즈음 들어 부쩍 이렇게 나약한 청년이 양산되고 있을까요? 방임학대형 부모도 문제지만 애정과잉형 부모도 문제입니다. 부드러운 애정과 신뢰의 촉진적 자극과 함께 꾸짖고 제지하는 억제적 자극이 함께 주어줘야 자기조절 능력이 길러집니다. 어린 시절의 자기조절 능력이 좋을수록 커서 학업, 직업 등의 수행능력과 공감력, 도덕성, 사회성이 더 좋습니다.

자모(慈母)가 반드시 현모(賢母)일 수 없다는 사실을 한 번 더 생각해보길 바랍니다.

PART 02

엄마, 그렇게 키워선 안 됩니다

아이는 소니어 손님 아니다

MENTORING 결핍이 아이를 튼튼하게 키운다

넘어진 아이를 일으켜주지 마라.

넘어진 아이에게 손을 내밀어선 안 된다. 제가 넘어진 이상 제 힘으로 일어나야 하는 건 너무나 당연한 일이기 때문이다.

아이에게 집안의 어려움을 숨기지 마라.

아이는 손님이 아니다. 아이도 가족의 구성원이요, 주인이다. 따라서 책임을 져도 같이 져야 한다.

아이에게 심부름을 시켜라.

바쁜 일손을 도움으로써 가족의 일원임을 확인시키고 주인의식, 책임감, 사명감을 심어줄 수 있다. 심부름으로 엄마 아빠를 기쁘게 해줄 수 있다는 생각을 길러 줘야 한다.

공부는 특권이 아니다.

공부한다는 이유 하나로 아이를 왕처럼 모시다 결국 인간 폐물로 만들어 버린다. 공부만 잘하는 이기적인 아이, 고마움을 모르는 아이로 키우지 마라.

넘어진 아이를 일으켜주지 마라

명심해라. 엄마가 약해지면 아이도 약해진다는 사실을! 손을 내밀어선 안 된다. 제가 넘어진 이상 제 힘으로 일어나야 하는 건 너무나 당연한 일이기 때문이다.

우리는 아이들에게 어떤 난관이나 역경에도 스스로의 힘으로 극복해낼 수 있는 강인한 정신력을 기대한다. 이건 모든 부모의 공통적인 바람일 것이다. 한데도 이상한 일은 그렇게 되길 바라면서도 그렇게 키우고 있지 않다는 사실이다.

'넘어진 아이는 일으키지 마라.' 이건 동서고금을 통해 육아의 기본이다. 하지만 한국의 엄마는 반사적으로 손이 나간다. 일으키는 것만이 아니다. 부둥켜안고 함께 우는 시늉을 해가며 달래 준다. 진작 그쳤어야 할 울음도 아이는 몇 번 더 칭얼댄다. 넘어진 후 이렇게 따뜻한 보상이 돌아온다면 몇 번 더 넘어짐직도 하다. 영리한 아이라면 그럴 것이다.

그리고 실제로 그런 환자가 있다. 다치기를 잘하는 자해증 환자다. 그렇게 함으로써 엄마의 관심을 끌 수 있고, 또 포근한 사랑을 받을 수 있다면 왜 안 해? 하루가 멀다고 다칠 것이다. 사고를 잘 일으키는 소위 '사고성향 성격'의 형성은 이러한 엄마가 원인이다. 때로는 뼈가 부러지는 사고를 내기도 한다. 이렇게 비싼 대가를 치르는 까닭은 엄마의 그 따뜻한 손길이 그리워서다.

아이가 넘어지면 울상을 지으면서 일단 엄마를 쳐다본다. 도와달라는 본능적 구조 요청이다. 이때 약해지는 게 한국의 엄마다. 하지만 명심해라. 이럴 때 엄마가 약해지면 아이도 약해진다는 사실을! 손을 내밀어선 안 된다. 일어나란 소리도 않는 게 좋다. 제가 넘어진 이상 제 힘으로 일어나야 하는 건 너무나 당연한 일이기 때문이다. 거기에 무슨 일어나란 소리가 필요한가.

싫으면 그대로 있어도 좋다. 그건 그의 자유다. 그러나 일어나야겠다면 제 힘으로 일어나야 한다. 그건 그의 책임이다. 그리고 '일어날 수 있다'는 이 분명한 사실을 몇 번이고 엄마 마음속에 확인해 둘 필요가 있다. '그는 일어날 수 있다, 혼자 힘으로.' 그렇다고 쳐다보는 아이를 모른 척하고 외면해서도 안 된다. 그냥 담담히 지켜보고 있으면 된다.

'하지만 어미 된 죄로 어찌 그럴 수가 있느냐, 그렇게 매정한 어미가 되어서야 쓰겠느냐. 넘어진 아이가 마음의 상처를 받을 것이다. 그런 엄마를 어떻게 믿을 수 있을 것이며, 모자간이란 게 뭔데 그 경우에도 그냥 보고만 있어야 한다는 거냐.'

물론 이런 반론도 성립한다. 나는 그런 엄마를 탓하고 싶진 않다. 그렇게 키워야겠다면 그것도 한 방법이다. 다만 '과잉'이란 정도로까지 해선 안 된다는 원칙은 지켜야 한다는 뜻이다.

숙제하라고 독촉하는 엄마도 마찬가지다. 노는 데만 정신이 팔린 아이라면 한 번쯤 주의를 환기시키는 정도라면 좋다. 그러나 빨리 숙제하라고 다그치지는 말아야 한다. 어떤 엄마는 옆에 붙어 앉아 이것저것 도와준다. 시간이 다 되면 그만 엄마가 급해진다.

"얘! 비켜." 그러곤 아예 엄마가 대신해준다. 그래야 선생님 꾸중을 면할 테니까. 세상에 이럴 수가, 애가 숙제를 안했다면 당연히 꾸중을 들어야지, 그게 무서워 엄마가 대신해주다니. 자기가 한 실수라면 자기가 책임을 져야 한다. 꾸중도 들어야 하고 벌도 받아야 한다. 선생 꾸중에 아이보다 엄마가 더 겁을 낸다. 숙제 안 한 책임은 아이에게 있다. 할 일을 못했다면 당연히 응분의 벌을 받아야 한다. 그래야 책임감이 생긴다.

요즈음 나약하고 의존적인 젊은이들의 출현은 큰 사회문제가 되고 있다. 그리고 이들의 배후엔 과잉 엄마와 엄마 같은 아빠가 있다. 누군가가 도와주기를 기다린다. 학교에서도, 사회에 나와서도 혼자서 일을 처리하지 못한다.

"요즈음 젊은 사원은 시키는 일만 합니다." 답답한 간부 사원의 하소연이다. 스스로 일을 찾아서 할 생각을 못한다. 시키는 일만 기계적으로 하다가 땡 하면 곧장 퇴근한다.

하긴 시키는 일이라도 잘 하면 다행이다. 누군가가 해주길 기다린다. 이건 어릴 적부터의 습관이다. 힘든 일이 있으면 언제나 부모가 달려와 잘 도와주지 않았던가. 이게 몸에 익으면 남들도 그리 해주려니 하고 기대한다. 그게 안 되면 실망한 나머지 남들을 원망한다. 자기 책임은 다하지 않으면서 남 탓만 하는 못난 사람이 되고 만다.

철부지 손님

아이 앞에 어려움을 있는 대로 보여줘야 한다. 가족을 위하는 마음, 부모를 생각하는 마음이 절로 우러날 것이다. 서로에 대한 책임감도 커질 것이다. 이보다 더 값진 교육이 어디 있겠는가.

우리만큼 손님 접대를 융숭하게 잘하는 민족도 흔치 않으리라. 외국 손님은 분에 넘치는 대접에 오히려 당황해한다. 이 신세를 어떻게 갚아야 할는지 큰 걱정을 하며 돌아간다. 이 정도면 손님에게 부담감만 안겨준 것이지 접대를 잘한 건 아니다. 서구 가정에선 손님이 온다고 야단법석을 떨지 않는다. 평소 자기들 먹는 대로 내놓기 때문에 손님은 부담감을 갖지 않아도 된다. 나는 이게 진정한 손님 접대라고 생각한다.

한데 이 별난 대접을 아이들에게까지 베풀고 있다. 한국 아이들은 모두가 그 집의 손님이다. 집안에 어려운 일이 생겨도 아이들에게만은 그저 쉬쉬한다. 직장에서 감원당한 아버지가 행여 아이들이 알까봐 매일 아침 출근을 한답시고 집을 나서 하릴없이 돌아다니다 퇴근시간에 맞춰 돌아오기도 한다. 넥타이 매고 산에 가는 실업자도 있다. 감원이 무슨 뜻인지도 모를 나이라면 그런 말을 할 필요는 없다. 하지만 제법 철이 든 아이들한테도 왜 감춰야 하는 것일까?

아이들 보기 창피한 이유도 있을 것이다. 이야기를 한들 아이들 입장에서 당장 할 수 있는 일도 없으니 굳이 할 필요가 없다는 생각에도 일리는 있다. 행여 아이들 기나 죽지 않을까 하는 걱정도 될 것이다. 그리고 무엇보다 중요한 건 집안 걱정하다가 공부에 지장이라도 온다면 이거야말로 큰일이다. 해서 공부하는 아이한테만은 절대로 살림걱정을 시키지 않는 게 한국 부모에겐 하나의 불문율로 되어 있다.

그래서 우리 한국 가정엔 철부지 손님이 많다. 집안 형편이 어떻게 돌아가는지도 모른다. 어쩌다 걱정이 되어 물어도 부모의 대답은 한결같다.

"너는 몰라도 돼! 걱정 말고 공부나 열심히 해라."

대개의 아이들은 집안 형편에 대해서 깜깜 밤중이다. 알려고도 않는다. 물어야 가르쳐주지도 않거니와 그런 걱정은 해선 안 되는 것으로 가르치기 때문이다. 빚을 내서 학비를 대는 것까지야 좋다 치자. 빚내서 카메라 사주고, 빚내서 여행을 보낸다. 그러니 아이 생각에 우리 집이 제법 잘사는 줄로 알게 된다. 해서 생떼를 쓰며 졸라대고, 행여 안 해주다간 비뚤어질 게 걱정돼 무리를 해가면서 요구를 들어준다.

부모 입장에선 야속한 생각도 든다. 이놈이 어쩌면 부모 속을 이다지도 몰라주나 싶을 게다. 그저 저만 알지 부모 어려운 형편은 생각도 안 해본다. '자기만 아는 아이', 이게 문제의 씨앗이다. 이렇게 자라면 부모 생각은 손끝만큼도 않는 아이가 된다. 부모는 죽도록 일하며 한 푼이라도 아껴 내 밑이나 대주는 충복쯤으로 알게 된다. 늘그막에 서럽다고 자살한 노부부의 비극도 이런 나만 아는 자식의 소행에서 비롯된 것이다.

그뿐 아니다. 이런 이기적이고 자기중심적이며 개인주의적인 사람의 양산으로 이 사회가 오늘처럼 병들어가고 있다는 사실을 잊어선 안 된다. 남이야 죽든 말든 내 배만 부르면 그만이라는 투기꾼들, 누가 뭐라든 내 돈 내가 쓴다는 파렴치들, 내가 먼저라고 줄 하나 설 줄 모르는 얌체들……. 아이를 손님으로 모시다 결국 나라까지 망하게 하고 만다.

결론은 분명하다. 아이는 손님이 아니다. 아이도 이 집의 구성원이요, 주인이다. 따라서 책임을 져도 같이 져야 한다. 부모는 어려워 죽을 지경인데 아이만 편히 모신다는 건 말이 안 되는 소리다. 어려운 일이 있으면 함께 걱정해야 한다. 형편이 어려운 것도 솔직히 이야기해야 한다. 생계가 어려우면 함께 팔 걷고 나서게 해야 한다.

그러다 상처라도 받으면? 그런 소심증은 버려라. 그 정도 상처
는 받고 자라는 게 더 강해질 수 있다. 그런 아이로 키워야 한다. 함
께 노력하여 가족 생계를 돕고 제 학비를 벌어 쓰는 바로 그 과정이
무엇과도 바꿀 수 없는 값진 교육이다. 가족을 위하는 마음, 부모를
생각하는 마음이 절로 우러날 것이다. 이보다 더 값진 교육이, 그리
고 값진 수확이 또 어디 있겠는가. 가족과의 연대감, 서로를 위하고
아끼며 격려하는 사이 서로에 대한 책임감도 커져갈 것이다.

아이에게 심부름을 보내라

심부름을 하면 작은 일이라도 부모를 위해 뭔가를 했다는 느낌, 내가 할 수 있다는 자부심 그리고 부모를 기쁘게 해드림으로써 나 자신이 즐겁다는 걸 자각할 수 있다. 남을 위해 일할 때 느낄 수 있는 기쁨, 이것이 곧 고귀한 인류애의 시작이다.

우리나라 옛 이야기를 보면 유독 효자, 효녀에 대한 이야기가 많다. 지금도 가정교육이 잘 된 집안의 아이는 부모를 섬기고 위할 줄 안다. 하지만 효를 현대사회에 맞지 않는 구식덕목처럼 여기는 이들도 많다. 아이에게 베풀되 바라지 않는 자세야말로 부모로서 독립적이고 바람직한 것이라고 생각한다. 하지만 아이에게 가르칠 건 가르쳐야 한다.

아이에게 일을 시켜야 한다. 부모를 기쁘게 해드릴 수 있는 일을 시켜야 한다. 옛날 효자들의 그 지극한 효심을 이야기하려는 건 아니다. 요즈음에야 그럴 필요도 없고, 그럴 시간도 없다. 어머니 약을 구하기 위해 눈 속에서 사흘을 꿇어앉아 빌었더니 죽순이 솟아나왔다는 효자도 있었다. 하지만 요즈음에야 아프면 병원에 가면 되는 것이고, 죽순 아니라 무엇이든 시장에 가면 철을 가리지 않고 나와 있다.

그런 거창한 일이 아니고 작은 일들을 시키자는 것이다. 크게 시간이 걸릴 일도, 힘든 일도 아닌, 그러나 부모를 기쁘게 해드릴 수 있는 일을 시켜야 한다. 이것은 단순히 효라는 차원을 떠나 인간 생활의 가장 기본인 애타심(愛他心) 함양을 위해 필요한 것이다. 그리고 아이들의 비인도적 탈선예방을 위해서도 필요한 것이다.

효자 치고 나쁜 사람 없다. 아이들 스스로 마음에서 우러나 하는 일이라면 더욱 좋겠지만 싫다는 아이에게도 의무적으로 시켜야 한다. 이것은 인간 생활에서 지켜야 할 최소한의 윤리다. 엄마를 도와 창을 닦는 일, 아버지 물 심부름, 방청소……

이 모두가 중요한 교육이다. 비록 작은 일들이지만, 그걸 함으로써 부모를 위해 뭔가를 했다는 느낌, 내가 할 수 있다는 자부심 그리고 부모를 기쁘게 해드림으로써 나 자신이 즐겁다는 걸 자각한다. 인간에겐 애타적 욕구가 본능적으로 있다. 남을 위해 일할 때 느낄 수 있는 기쁨, 이것이 곧 고귀한 인류애의 시작이다.

입원 환자에겐 몰라보게 좋아지는 순간이 있다. 아직 내 몸이 불편하긴 하지만 나보다 더한 다른 환자를 도와줄 수 있을 때다. 거동을 못하는 환자에게 심부름을 해주고 눈 수술 환자에게 신문도 읽어준다. 남에게 도움이 된다는 것은 참으로 기쁜 일이다. 이런 긍정적인 마음이 자신의 병 회복에 결정적 도움을 준다.

남을 위한 일을 시켜야 한다. 심부름도 보내야 한다. 친척 집은 물론이고 엄마, 아빠 친구 집에도 심부름을 보내라. 심부름을 간다는 것은 집을 도와주는 일이다. 엄마, 아빠의 바쁜 일손을 도움으로써 가족의 일원임을 확인시키고 주인의식, 책임감, 사명감을 심어줄 수 있기 때문이다. 또 심부름을 통해 엄마, 아빠를 기쁘게 해줄 수 있다는 생각을 길러주는 일이다.

이런 심성이 자라 남이 필요로 하는 사람, 남을 기쁘게 하는 일이 진정 기쁜 일임을 깨닫게 될 것이다. 그리고 그것은 더 큰 기쁨으로 나에게 돌아온다. 이런 소중한 체험이 아이들을 한뼘 더 성숙시켜 줄 것이다.

아이들에게 효를 가르쳐야 하는 뜻이 여기 있다. 낡은 덕목으로서의 효는 요즈음 아이들에게 설득력이 없다. 그건 무시하더라도 부모를 기쁘게 해드리는 게 효라면 그게 남을 생각하는 배려심으로 승화될 수 있기 때문이다. 남의 편리를 위해 나의 작은 불편을 잠시 참을 줄 아는 아이, 작은 손해도 볼 줄 아는 아이, 누군가 저 일을 해주었으면 싶은 일을 선뜻 나서서 하는 아이, 나보다 남을 먼저 생각하는 아이로 키워야 한다.

요즈음 아이들은 점수 몇 점으로 부모를 기쁘게 해드리는 게 고작이다. 그게 전부니까 그게 안 되면 미안하고 죄나 지은 것 같고 혹은 열등감에 빠진다. 공부가 아이들에게 부담을 주는 소이도 바로 여기에 있다.

아이들 점수 몇 점 오르내리는 데 일희일비하는 부모라면 당신은 이미 문제 부모의 표본이다. 공부는 부모를 위한 게 아니다. 그것은 자신을 위한 것이다. 김장철이나 손님맞이에 집안이 바빠 야단인데 혼자 공부합네 하고 도서관에 가는 아이라면 이건 얌체요, 이기주의자다. 시험이 임박해서라면 현실적으로 어쩔 수 없는 일이지만 그래도 미안한 생각만은 가져야 한다. 그렇게 키워야 한다.

심부름을 잘하는 것과 공부 잘하는 것은 이 점에서 근본적으로 다르다. 심부름은 나 혼자의 일이 아니라 여러 사람의 일이다. 가족 전체의 공적인 일이다. 따라서 이것은 애타적 행위다. 사적인 공부의 이기적 행위와 차원이 다르다.

공부만 하는 아이들에게는 이기적이고 자기중심적 성격이 많다. 한데도 이상한 일은 심부름 잘해 부모를 기쁘게, 편하게 해드리는 아이보다 공부나 하고 자기 생각만 하는 아이를 더 좋아하다니 한국 부모의 마음은 알다가도 모를 일이다. 그게 좋다면 그것도 좋다. 하지만 이 점만은 분명히 각오하고 있어야 한다. 이런 아이는 자라 나중에 자기밖에 몰라 부모에게 설움 준다는 사실은 미리 알고 있어야 한다.

공부라는 면책 특권

공부한다는 이유 하나로 아이를 왕처럼 모시다 결국 인간 폐물로 만들어 버린 가정이 적지 않다. 출세를 위해 인간성을 말살시키면서까지 억지 공부를 시켜야 할 것인가. 미안하지만 이런 인간성으로는 출세도 못한다는 사실을 알아야 한다.

'공부하는 버릇만 들인다면 다른 버릇은 좀 잘못되어도 어쩔 수 없다. 인간적으로 좀 문제가 있어도 감수할 수밖에 없다. 공부를 위해서라면!'

아마 이게 많은 어머니들의 생각일 것이다. 결론부터 말한다면 이건 아주 위험한 발상이다. 아이가 자라 어른이 되고 노인이 되는 40년, 50년 후를 생각해보자. 설령 공부 잘해 출세했기로서니 친구 하나 없는 사람이 과연 행복할 수 있을까? 저녁놀을 바라보며 눈물 한 번 흘릴 줄 모르는 사람이 과연 행복할 수 있을까?

세계를 달리는 아이들의 미래를 생각해보자. 그 때가 되면 지금 우리가 생각하는 출세란 것도 그 의미부터 달라진다. 그런 출세를 위해 인간성을 말살시키면서까지 억지 공부를 시켜야 할 것인가. 우리는 이 시점에서 신중히 앞을 내다보고 생각해봐야 한다. 책임 감 없는 아이, 인내심 없는 아이, 나약한 아이, 자기만 아는 아이로 자라난다면 이 사회는 어떻게 될 것이며 또 그런 아이의 장래는 어떻게 될 것인가. 이런 아이들은 사회에 나가서도 환영받지 못하며 성공하지 못한다. 그렇다면 그 책임은 또 누가 져야 하는가.

공부가 모든 것에 우선하는 것이 지금의 우리 가정이다. 꾸중 한 번 못한다. 공부한다는 구실 하나로 완전한 면책 특권이 보장된다. 집에 손님 한 번 못 청한다. 아이가 집에 '계시면' TV 한 번 못 켜고 사는 집도 많다. 아예 가족 문화가 증발돼 버린다. 집이란 따뜻하고 단란한 가족 시간, 그러면서도 엄격한 법도가 살아 있어야 한다.

불행히 수험생 가정엔 그 어느 것도 없는 황량한 분위기다. 수험 생 부모의 80% 이상이 가정에 정신적 부담을 느끼고 있다는 보고 다. 상당수 부모가 부부 생활에 지장을 느낀다고 하니 이 정도면 정 신적 폭행이다.

난 그런 의미에서 철이 어머니를 존경한다. 철이가 고3이 되자 자기 담당인 목욕탕 청소를 입시 때까지만 면제해줄 것을 부탁했 다. 하지만 어머니는 담담히 그 청을 거절했다. 정해진 이상 해야 한다는 게 이유였다. 고3이 되면 공부 부담이 더 많아지고 바빠지겠지만 가족의 한 구성원으로서 맡은 책임을 소홀히 할 순 없다는 것이다. 어머니 자신도 벌써 몇 해 전 중풍으로 누운 시아버지 병구완을 하느라 온 정성을 쏟고 있었다. 왜 짜증이 안 나랴만 말없이 맡은 일을 묵묵히 해나가고 있다. 넉넉지 않은 살림과 중풍 노인 병구완까지 하려면 가족 모두가 협조하고 서로의 어려운 점을 이해하면서, 맡은 일을 차질 없이 해내지 않으면 안 된다. 수험생만 힘든 게 아니다. 누구도 열외일 수 없다.

난 이 점을 분명히 한 어머니의 철학을 높이 사고 싶은 것이다. 어릴 적부터 사내아이인 철이에게 목욕탕 청소 당번을 시킨 것부터 훌륭했다. 그걸 한다고 고맙다거나 대가로 용돈을 준 적도 없다. 청소가 잘 되었을 적엔 깨끗해서 기분이 좋다는 말 한마디가 전부였다. 당연히 할 수 있고 또 해야 할 일이라는 생각을 철이에게 심어주기 위한 것이었다.

공부한다는 이유 하나로 아이를 왕처럼 모시다 결국 인간 폐물처럼 만들어 버린 가정이 적지 않다. 초등학교 6년, 중고등학교 6년, 거기다 재수, 삼수까지 합치면 거의 15년간을 제왕처럼 군림할 수 있는 특권이 주어진다. 이 오랜 세월 공부한다는 이유 하나로 모든 책임이 면제된다면 이 아이가 어떻게 될 것인가? 잘못하는 일이 있어도 꾸중 한 번 못한다면 가정이라는 게, 그리고 부모가 있어 뭘 하겠는가. '공부 잘해 좋은 데 취직하면 나중에 나를 왕비처럼 모시겠지.' 설마 이런 엉뚱한 계산을 하고 있는 건 아니길 빈다.

분명히 말하지만 제왕처럼 자란 아이는 끝까지 그런 대접받는 걸 당연한 걸로 안다. 남을 섬기다니 아예 그런 생각조차 해보지 않은 아이다. 부모가 이 녀석 늙어 죽을 때까지 살아남아 하인처럼 시중을 들어 줄 각오가 돼 있어야 한다.

다시 한 번 생각해보자. 미래사회가 어떤 인재를 필요로 할 것인가를. 미래가 아니라 우리 앞에 현실로 와 있다. 기업에선 이제 무슨 대학 A학점 몇 개냐를 묻고 있지 않다. 이젠 대학도 바뀌고 있다. 입학전형도 공부 잘하는 수재가 아니라 훌륭한 인간성을 원하고 있다.

감사할 줄 아는 아이로 키워라

당연 심리에 빠지면 고마운 줄 모른다. 부모가 옷 사주고 밥 먹이고 해도 고마운 줄 모른다. 애써 무엇을 이루어보겠다고 바둥거릴 필요도 없다. 성취감이 없으니 만족도 없고 따라서 행복이 뭔지도 모른다.

'젊은 세대의 당연 심리가 미국을 서서히 망하게 하고 있다.'

예일대학 립톤 교수의 주장이다. 서구 사회가 다 그렇지만 미국도 마약·범죄·실업 등 심각한 사회문제가 한 둘이 아니다. 이 모든 사회병리가 곧 젊은이의 당연 심리에 기인하는 것으로 보고 있다. 미국은 풍요로운 나라다. 일을 안 해도 실업수당이 나온다. 주정꾼이 길에 나뒹굴면 경찰이 병원으로 옮겨준다. 모든 게 다 잘 갖추어져 있다. 따라서 있다고 특히 감사를 느끼거나 하진 않는다. 있는 게 당연하기 때문이다. 이것이 당연 심리다. 하지만 이것이 문제의 출발이다.

당연 심리에 빠지면 우선 고마운 줄 모른다. 부모가 옷 사주고 밥 먹이고 해도 고마운 줄을 모른다. 길을 닦아 스쿨버스로 편히 학교까지 모셔도 고마운 줄 모른다. 그래야 하는 걸 당연한 것으로 알기 때문이다. 대신 뭐라도 한 가지 부족하면 즉각적인 불평, 불만이 튀어나온다. 없어보질 않았기 때문에 이들은 당장 불편한 것을 참지 못한다. 즉각 충족시켜 줘야 한다.

이렇게 모든 게 완벽하게 갖추어졌으니 내 스스로 노력해서 무엇을 얻고자 노력할 필요가 없다. 애써 무엇을 이루어보겠다고 바둥거릴 필요가 없다. 따라서 뭔가 제 손으로 이루었다는 성취감이란 게 없다. 일에서 성취감이 없으니 만족도 없고 따라서 행복이 뭔지도 모른다. 우리가 만족하고 행복을 느끼는 것은 내 손으로 무언가를 이루었을 때 그 결과 어제의 나보다 지금의 내가 훨씬 낫다는 비교가 될 수 있을 때이다. 성취감, 달성감이 행복의 기본 조건이다.

이제 우리 집을 돌아보자. 행여 우리 아이가 이런 당연 심리에 빠져 있지나 않은지, 냉정히 살펴봐야 한다. 우리 아이는 아니라는 자신이 있는가? 그렇다면 복 받은 집이지만 나는 우리 아이들도 적잖이 그런 수렁에 빠져 있는 걸 보고 있다.

잘사는 집에 가보면 이미 그런 징후들이 농후하다. 무엇 하나 아쉬운 게 없다. 입만 열면 모든 게 척척이다. 새 옷을 사줘도 별 고마운 기색이 없다. 으레 그런 거니까 새삼스레 무슨 감사의 마음이란 게 우러날 까닭이 없다.

아이들이 고마운 줄 모르니 부모의 애정이 전달될 수 없다. 이것이 부잣집의 고민이다. 잘해 놓고 사는 것도 좋다. 하지만 우리 집 아이에게 당연 심리가 들게 해선 안 된다.

유럽에서는 어릴 때부터 감사를 생활화하도록 가르치는 부모가 많다. 감사는 스트레스에 대항하는 면역력도 높여주고 창의적인 아이로 길러준다. 감사는 남을 위해 하는 게 아니다. 나 자신을 위해 하는 마음이다. 감사는 풍요로운 마음이다. 당연한 걸 감사할 줄 아는 힘이 곧 행복할 줄 아는 힘이다.

아이들 기보다 공공질서가 먼저

기가 살아있는 건 좋다. 하지만 거기에는 절제가 있어야 한다. 사람이 모이는 공공장소에선 오히려 기를 죽여야 한다. 우리 엄마들은 이 기본을 가르치지 않는다. 솔직히 인간 실격자다.

미국 친구의 아이가 생일이라고 해서 그 집을 방문하게 됐다. 이웃 꼬마들도 의젓이 손님으로 초대됐다. 말이 손님이지 세살 안팎이다. 촛불이 켜지고 노래를 하고 사진을 찍고…. 공식행사가 차질 없이 진행되는 게 신기했다.

엄마들이 제 아이를 자리에 앉혀 행사가 진행되는 동안 꼼짝을 못하게 잡고 있었기 때문이다. 떼를 쓰고, 울고, 요동쳤지만 소용없었다. 무서운 얼굴을 지어보이는 엄마, 엉덩이를 때리는 엄마, 나름대로의 모든 방법을 다해 공식행사 진행에 차질이 없도록 최선을 다하고 있었다.

한국 아이들의 모임이라면 어떠했을까. 난 그 광경을 바라보며 엉뚱한 상상을 해보았다. 잔치상을 뒤엎고, 뒹굴고, 아수라장이 됐을 것이다. 그래도 엄마들은 대견스러운 듯 바라만 보고 섰겠지. 체면상 한두 마디 말리는 척 하는 엄마도 더러는 있을테지. 하지만 그 정도로 조용히 할 엄마들이 아니다. 행여 우리 아이 기죽을까, 절대로 강하게 말리지는 않을 것이다.

한국의 공공질서는 여기에서 무너지고 있는 것이다. 무너진다기보다 아예 가르치질 않는다는 표현이 옳다. 요즈음 교실 붕괴론이 심각하게 등장하고 있다. 수업시간에 떠들고 싸우고 하는 통에 도대체 수업을 할 수 없다는 게 일선 교사들의 딱한 하소연이다.

한 번 돌이켜 보자. 어린이날은 가히 무질서의 천국이다. 놀이공원이고 놀이터고 한마디로 엉망이다. 이럴 바엔 어린이날이 왜 있어야 할까. 심각한 의문이 들었다. 그러잖아도 기세등등한 아이들에게 어린이날이라고 기를 더 살려 놓았으니 그야말로 기고만장이다.

기가 살아있는 건 좋다. 하지만 거기에는 절제가 있어야 한다. 사람이 모이는 공공장소에선 오히려 기를 죽여야 한다. 저 하고 싶은 대로 떠들고 싸우고 달리고 기물도 부수고 해선 안될 일이다. 이건 인간으로서의 기본이다. 아! 참으로 불행히도 우리 엄마들은 이 기본을 가르치지 않는 것이다. 솔직히 이건 인간 실격자다.

기를 죽여야 할 때는 살리고, 막상 기를 살려야 하는 마당에선 기가 죽어 슬슬 꽁무니를 빼게 만든다. 불의를 보고도 못 본 척하고 불쌍한 사람을 보고도 슬쩍 외면한다. 작은 좌절과 고통 앞에서도 그만 기가 죽어 무너진다. 비굴한 아이다. 저밖에 모르는 나약한 이기주의자다.

행여 기 죽을까, 무리를 해서라도 아이들 요구를 다 들어준다. 아이는 자라면서 어려운 일에 대해 고민을 할 필요도 없거니와 문제해결능력도 길러질 리 없다. 마냥 기를 살려야겠다는 엄마의 극성이 결국 인간을 망쳐놓은 것이다.

기를 살려야 할 때와 죽여야 할 때를 구별하지 못하기 때문이다. 오히려 거꾸로 가르치는 부모도 있으니 더욱 안타깝다.

결핍이 아이를 튼튼하게 키운다 • • • •

　미국에 있는 동생네 회사를 방문했을 때 일입니다. 비서인 존 여사가 편지를 들고 새파랗게 성을 냈습니다.

"세상에 이런 얌체 좀 보세요. 올 여름 내가 유럽 여행 갈 돈을 빌려 달래지 뭡니까? 자기 대학 여름학기 등록을 해야 한다면서……."

"누가 빌려달랍니까?"

"내 아들 프랑크 말이에요."

　하긴 나도 아들이려니 했지만 믿어지지 않아 확인해보았습니다. 앞뒤를 자세히 설명하면, 대학 다니는 아들이 엄마에게 편지를 보냈는데, 사연인즉 엄마가 유럽 여행을 위해 모아둔 돈을 좀 빌리자는 것이었습니다. 하계대학 등록을 하기 위해서라더군요. 그러니까 그냥 달라는 것도 아니고 빌려달라는 이야기였습니다. 그런 아들을 얌체라고 엄마가 화를 내고 있는 장면이었습니다.

　내가 이렇게 긴 설명을 붙여도 우리 한국 부모는 사건의 전모를 잘 이해하지 못할 게 틀림없습니다. 전후곡절을 알아들었다면 기절이라도 했을지 모를 일입니다. 데려온 자식이거나, 아니면 이기적인 엄마라고 생각할 것입니다.

　하지만 이게 미국의 모자간입니다. 대학에 간 이상 서로의 생활이 분명한 거죠. 경제적으로도 물론 독립했고요. 혼자, 제 힘으로 벌어 대학엘 가야 합니다.

해서 서구 대학엔 나이든 학생이 많습니다. 10년을 넘게 다니는 학생도 있습니다. 1년 벌어 한 학기 다니고, 또 나가 1년을 벌고……. 이러자니 서른, 마흔 살이 돼도 아직 대학생인 경우도 있습니다.

우리 상식으로는 상상도 할 수 없는 일입니다. 재수만 해도 안달이 나는 부모들이니까요. 아이들 공부라면 집을 팔아도 아깝지 않습니다. 그래서라도 학비를 못 대는 부모는 죄책감에 시달리며, 비관한 나머지 자살까지 하는 부모도 있습니다. 돈 없으면 아이들 공부시키기가 여간 힘든 게 아닙니다.

하지만 결핍이 인간을 튼튼하게 그리고 살찌게 한다는 사실을 잊어선 안 됩니다. 독립정신을 길러줘야 합니다. 저 혼자 힘으로 꿋꿋이 살아가는 힘을 길러줘야 합니다. 비옥한 땅에서 자란 나무는 작은 바람에도 넘어지길 잘합니다. 깡마른 땅에 엉겅퀴처럼 자란 잡초는 태풍 앞에서도 끄떡없습니다.

가난이 사람을 만든다는 건 동서고금의 진리입니다. 가난은 젊은이의 특권이요, 특혜입니다. 젊을 때 가난하면 늙어서 살기가 편해집니다. 작은 일에도 감사하고 기뻐할 줄 알 게 되니까요.

모든아이는
천재로
태어난다

하고 싶은 일이 아이의 재능이다.

아이가 갖고 있는 많은 재능 중에서 최고의 것을 찾아내야 한다. 많은 기회를 주고, 그리고 면밀하게 관찰해야 한다. 아이가 어떤 일에 관심을 보이는지, 어떤 일에 아이의 눈이 가장 빛나는지 예의주시해야 한다. 간섭하거나 떠밀지 말고 그냥 기다리는 자세가 중요하다.

천재망상증에서 벗어나라.

보통아이를 천재로 키우려는 엄마의 욕심은 비극이다. 아이의 능력에 맞게 키워야 한다. 짐이 무거우면 쓰러진다. 그냥 두면 평균작은 될 것을 천재교육으로 폐인을 만들어선 안 될 일이다.

아이의 장점을 보자.

아이들 하나하나의 개성을 파악하고 그 나름의 장점을 찾아 칭찬해주자. 그것이 참교육이다.

종합 1등보다는 특기

> 모든 아이는 저마다의 재능을 타고 난다. 당장 눈에 안 보인다고
> 초조하게 굴어선 안 된다. 세월이 지나면서 서서히 그 모습을 드
> 러낼 것이다.

아이들은 저마다 특출한 재능을 타고난다. 어릴 적부터 재능이
보이는 경우도 있고 좀처럼 보이지 않는 경우도 있다. 뒤늦게야 피
어나는 재능도 있고 영영 피지 못한 채 그냥 시들어 버리는 경우도
있다.

불행히 후자의 경우가 더 많다. 수많은 천재들이 그저 보통사람
으로, 혹은 그 이하로 생을 마쳤을 것이다.

재능은 타고나는 것만으로는 안 된다. 우선 잠재된 재능을 발견
하고 이를 개발해야 한다. 이것이 부모의 책임이다. 문제는 아이의

특기를 보지 못하는 데 있다.

보려고 노력은 하지만 그게 전혀 과학적이지 못하다. 욕심만 앞설 뿐이다. 그래선 보이지 않는다. 결국 평균적인 보통아이로 키우게 된다. 기성의 틀에 맞추려고 억지를 쓰는 통에 아이의 천재성은 영영 시들어 버리고 만다.

한국의 현실도 그러한 천재들을 발굴할 수 있는 제도적 장치는 거의 마련돼 있지 않다. 부모도 그저 아이가 평균 이상으로 공부 잘해 주는 것만으로 고맙게 생각한다.

하지만 생각해보자. 학교 '우등생'이라는 실체가 무엇인가를! 학교 성적도 그렇고 입시 평가도 그렇다. 골고루 다 잘해야 우등생이요, 합격이다.

예체능계도 수학, 영어까지 잘해야 한다. 그러자니 진짜 예능 분야에 천부적 자질이 있는 아이는 못 들어가고 이것저것 적당히 잘하는 어중이가 대학에 들어간다. 학교 성적도 종합 평가다. 다 잘해야 1등이다.

이런 제도는 고도로 전문, 분업화되어 가는 미래사회의 주역을 기르는 교육제도로서는 시대착오적이다. 수학 1등, 영어 1등으로 학과마다 평가를 따로 해야 한다. 그래야 특정분야의 천재를 발견해낼 수 있다.

과목마다 고른 득점을 하는 아이라면 특정분야에 재능이 있는 아이는 아니다. 물론 우리 사회는 이런 평균적인 사람이 수적으로 더 많이 필요하다. 하지만 이들은 리더가 될 수는 없다.

부모는 아이들이 모든 분야를 다 잘하길 기대한다. 전통적으로 우리는 그래 왔다.

복싱 선수에게도 공자 같은 군자 행세를 기대한다. 독창적이고 개성적인 아이로 길러야 한다.

모든 분야를 다 잘하기를 기대하지 말라. 아이들은 기질도 다르고 소질도 다르게 태어난다. 개성도 취미도 물론 다르다. 이것을 잘 찾아내 그 길로 초대해야 한다. 한국 부모처럼 예능 교육열이 높은 이들도 없을 것이다. 열로만 따진다면 수많은 베토벤이 나왔음직한 데 현실은 그렇지 않다. 소질을 파악하지 않고 욕심만 앞서기 때문이다.

이 점에서는 공부도 마찬가지다. 출세, 성공의 모든 척도를 오직 공부라는 하나의 자로 재고 있다. 대학 재목은 열의 하나도 안 되는데 모두가 그 길로만 가고 있으니 낙오자가 생기는 건 당연한 일이다. 다른 재능이 없는지부터 찾아보고 특별한 게 없거든 공부를 시켜보는 것도 방법일 것이다.

일본의 미자와 주택은 신화적인 회사다. 사장인 미자와는 신입 사원을 채용할 때 올 A학점은 사절이다. 특성도 개성도 없는 사원은 쓸모가 없다는 것이다. 대신 어느 특정분야 한두 과목이 A학점인 사람을 뽑는다. 잘하는 과목에 전력투구하고 나머지 학과는 적당히 하면서 그 시간에 폭넓은 인간교육을 쌓았을 것이라는 게 그의 지론이다. 사장의 이런 개성이 일본 제일의 주택회사로 성장시킨 배경이다.

다 잘할 순 없다. 인간의 능력엔 한계가 있기 때문이다. 사람에 따라선 다재다능한 사람이 없진 않다. 하지만 선두주자가 되려면 역시 한 길을 파야 한다. 지금은 그런 시대다.

반 합창대회도 못 나가는 음치가 있는가 하면 운동회 날 연필도 한 자루 못 타오는 느림보도 있다. 지켜보는 부모로선 속이 상하겠지. 하지만 그건 당신의 소아기적 욕심이요, 허영이다. 아이의 다른 면을 보려고 노력해야 한다. 우리 아이에게 어떤 재능이 숨어있는가를 찾아내야 한다.

물론 이건 잘 보이지 않는다. 보통사람 눈엔 보통 재주밖에 안 보이기 때문이다. 사람이 커야 큰 사람을 찾을 줄도 안다. 천재는 그의 천재성으로 기형적인 결함을 드러내 보일 수도 있고, 또 천재성 그 자체가 괴벽으로 보일 수도 있다. 천재와 정신병은 진짜 종이 한 장 차이다. 이걸 잘 구별해야 한다.

그리고 보통아이 속에도 대기의 가능성은 잠재해 있다는 사실을 잊어선 안 된다. 그걸 발견해서 키워 나가는 것이 부모의 책임이다. 단, 얕은 재주에 현혹되어선 안 된다. 학원 강사의 상업적인 과장 평가에 속아서도 안 된다. 냉정하게 판단해야 한다.

모든 아이는 저마다의 재능을 타고 난다. 당장 눈에 안 보인다고 초조하게 굴어선 안 된다. 세월이 지나면서 서서히 그 모습을 드러낼 것이다. 억지로 만들려고 해서는 안 된다. 타고난 대로 키워야 한다.

지능적 재능에만 집착하지 마라

아이가 갖고 있는 많은 재능 중에서 최고의 것을 찾아내야 한다. 많은 기회를 주고, 그리고 면밀하게 관찰해야 한다. 아이가 어떤 일에 관심을 보이는지, 어떤 일에 아이의 눈이 가장 빛나는지 예의주시해야 한다.

미국의 심리학자 하워드 가드너는 사람마다 언어지능, 신체운동지능, 대인관계지능 등 강점지능과 약점지능이 있다는 다중지능이론을 창시했다. 지능이나 재능의 종류가 다양하고 많다는 건 이제 상식이다. 그리고 모든 아이는 저마다 독자적인 재능을 갖고 있다. 천재적 수준은 아니더라도 누구에게나 특정 분야에 대한 강점지능이 있다. 따라서 우리는 아이마다의 독자적인 재능을 찾아내 이를 개발해주어야 할 의무가 있다. 그 재능이 그 분야에서 일류가 될 수 있을 것인가는 다음 문제다.

우선 엄마들이 해야 할 일은 현대사회가 무척이나 다원적이고 다양하다는 사실을 아는 데서 출발해야 한다. 계속 새로운 분야가 생겨나고 있으므로 그 많은 분야마다 몇 사람의 수재는 태어나기 마련이다.

피아노, 무용, 그림 등 가능성 있는 문은 일단 두드려 봐야 한다. 해보지 않고는 어디에 재능이 있는지 알 수 없다. 그래도 발견되지 않거든 전혀 새로운 분야에 도전해보는 것이다. 권위자가 별건가. 무엇이든 그 분야를 처음 하는 사람이 권위자요, 전문가다.

다만 그 아이가 갖고 있는 많은 재능 중에서 최고의 것을 찾아내야 한다. 물론 이건 쉽지 않다. 어쩌면 영영 못 찾아낼지도 모른다. 하지만 우리는 최선을 다해야 한다. 많은 기회를 주고, 그리고 면밀하게 관찰해야 한다. 아이가 어떤 일에 관심을 보이는지, 호기심을 보이는지 그리고 어떤 일에 아이의 눈이 가장 빛나는지 예의주시해야 한다.

아이들을 데리고 나가 보라. 혹은 집에서도 마찬가지다. 그림 그리기를 좋아하는 아이가 있는가 하면, 모래판에서 무언가를 열심히 만드는 아이가 있다. 꽃을 관찰하는 아이, 나무에 올라 매미 잡기를 좋아하는 아이, 그냥 조용히 그늘에 앉아 동화를 읽는 아이도 있다. 길가는 사람과 이야기하길 좋아하는 아이, 간판을 열심히 들여다보는 아이도 있다.

있는 그대로 지켜보라. 일체의 선입견을 버리고 아이를 있는 그대로 지켜보는 게 중요하다. 절대로 다른 아이와 비교해서 이러니 저러니 하지 말라. '엄친아' 이야기는 입 밖에 내지 말아야 한다. 재능이란 남과 비교될 수 없는 그만의 독자성 속에서 빛이 나는 것이다. 부모들은 거의 습관적으로 다른 아이와, 혹은 형제들과 비교한다. 이것이 빠지기 쉬운 함정이다. 그리고 더욱 큰 문제는 그 비교를 부모가 가치 있다고 생각하는 쪽으로 한다는 사실이다. 따라서 부모의 이상이나 기대대로 성장하지 않으면 그만 실망한다.

한국 부모의 관심은 주로 지적 능력에 있다. 세 살배기가 말을 못하면 장애아는 아닌가, 다섯 살배기가 글을 못 쓰면 저능아는 아닌가 의심한다. 형들은 저 나이에 영어도 했는데……. 이렇게 비교를 하다 보면 멀쩡한 아이에게 저능아란 딱지가 붙는다.

반대의 경우도 있다. 두 살배기가 혼자 한글을 몇 자 읽는다고 그만 부모가 흥분한다. 숫자를 읽는다고 흥분한다. 아이가 새로운 걸 터득할 적마다 부모의 흥분은 점점 확신으로 굳어져 간다. 그리곤 아이를 데리고 조기 영재 교육 학원으로 간다. 물론 이게 천재성의 싹일 수도 있다. 하지만 그만한 나이에 흔히 있을 수 있는 재주일 뿐 천재의 싹은 아닌 경우가 더 많다.

실망도 말 것이며 처음부터 과잉 흥분도 금물이다. 천재성은 때가 되면 피게 마련이다. 그렇게 부모가 흥분해서 소동을 벌일 일이 아니다. 일찍부터 TV에서 천재라고 떠들썩했던 아이의 후일담을 들은 기억은 별로 없다.

차분히 지켜봐야 한다. 저능아란 딱지도, 천재라는 딱지도 금물이다. 어른의 선입견이 작용하면 아이의 예민한 천재성이 개화하지 못할 수도 있다. 미국 영재 클리닉의 맥포크 박사는 천재성을 꺾는 부모 유형을 다음과 같이 소개하고 있다.

첫째, 비판 과잉형 부모다. 부모의 기대나 상이 너무 커서 기다리지 못하고 비판만 하는 경우다. 이래서는 천재성이 피어날 수가 없다.

둘째, 지배 과잉형 부모다. '잘 알아둬. 너를 사랑하는 건 재능이 있기 때문이야.' 따라서 아이는 부모를 실망시키지 않으려고 바둥거려야 하고, 그것이 실패 공포증으로 발전한다.

이런 정서적 부담 속에 천재성이 피어날 순 없다. 행여 천재성에 금이 가랴 보살핌이 지나쳐도 아이에겐 부담이다. 지나친 관용도 금물이다. 적절한 엄격성과의 균형이 중요하다.

거듭 우리 한국 부모에게 부탁하고 싶은 건 지능적 재능에만 집착하지 말자는 거다. 아이가 어떤 일에 관심이 있는지, 흥미를 갖는지, 좋아하는 일이 뭔지, 해서 잘되는 일이 뭔지 폭넓은 시야를 갖고 관찰해야 한다. 그리고 중요한 것은 기회를 만들어 주는 데서 그쳐야지 아이를 그리로 밀어 넣어선 안 된다는 점이다.

아이가 관심을 보이면 함께 관심을 갖고 아이의 상상력이나 창의성이 동원될 수 있도록 도와줘야 한다. 만화에 관심이 많은 아이에겐 '너라면 어떻게 그리겠냐'고 상상력을 자극하는 선에서 끝나야 한다.

간섭하거나 떠밀지 말고 그냥 기다리는 자세가 중요하다.

+ Brain

강점 지능을 찾아라

가드너에 따르면, IQ 한 가지로 모든 분야의 천재성을 가늠할 수는 없고 사람마다 특정 분야에 '강점지능'이 있다고 한다. 우선 아이의 강점지능은 무엇인지 알아야 하는데 이를 흔히 적성이라고 한다. 적성에 맞아야 좋은 성과를 거두고 강점지능을 발휘할 수 있는 것이다.

강점지능을 찾는 게 쉬운 일은 아니지만 하다 보면 찾게 된다. 하고 싶은 것, 관심 있는 것, 재미있는 것, 해 보니 다른 일보다 쉬운 것부터 하면 된다. 좋아하고 잘하는 일은 절로 몰입이 되는데, 뇌에서 쾌감 물질인 도파민이 분비돼 뇌의 쾌감중추가 흥분하기 때문이다. 기분이 좋아지면 뇌는 그 상태를 계속 유지하려고 한다. 여기서 쾌락이라고 해서 신나게 노는 것만 생각해선 안 된다. 좋아하는 공부나 일을 할 때 느끼는 즐거움도 쾌락이다.

그렇게 좋아하는 일이 재능이다. 무엇을 좋아하는지 발견했다면 훈련과 지속이 뒷받침되어야 한다.

• 가드너의 다중지능이론 •

지능	개념	계발 활동	관련 분야
신체운동지능	신체를 이용해 생각이나 감정을 표현하는 능력	스포츠 경기 관람, 발레, 스포츠 클럽, 캠핑, 트레킹	운동선수, 무용가, 외과의사
인간친화지능	타인의 기분, 동기, 의도 등을 잘 이해하고 적절히 반응하는 능력	자원봉사 캠프, 기아체험	종교인, 세일즈맨, 상담사, 정치인
자기성찰지능	자신을 잘 이해하고 자기가 처한 문제를 해결하는 능력	박물관 견학, 템플스테이, 인문학 공부	소설가, 심리학자, 철학자, 종교인
논리수학지능	논리적·수리적 유형의 문제를 효과적으로 해결하고 추론하는 능력	수학 글쓰기, 벼룩시장 참가, 컴퓨터 관련 자격증 도전	수학자, 과학자, 컴퓨터 프로그래머, 재정 분석가
언어지능	생각을 말이나 글로 효과적으로 구사하는 능력	독서 포트폴리오 작성, 토의·토론대회, 가족신문 만들기	작가, 언론인, 정치가
공간지능	시간적·공간적 세계를 지각하고 변형하며 재창조하는 능력	궁궐 견학, 한옥마을 순례, 도시 건축 여행	화가, 건축가, 지리학자, 항해사
음악지능	멜로디와 리듬으로 스스로를 표현하는 능력	음악회 관람, 오케스트라 활동	작곡가, 연주가, 음향 기술자
자연친화지능	동식물을 돌보고 기르는 능력, 유기체와 민감하게 상호작용하는 능력	동물 키우기, 채소 재배, 생태 체험	수의사, 생태학자, 정원사, 도보 여행가, 천문학자

아이의 진로는 한풀이가 아니다

아이의 진로를 정할 때, 아이 적성과는 관계없이 출세주의 · 관료주의 · 안전 제일주의 등이 지배적이다. '사'자라도 붙는 자리에 올라야 체면이 선다. 내가 못 이룬 꿈을 자식이 이루어줬으면 하는 한풀이도 있다. 지극히 이기적인 발상이다.

아이의 재능을 어떻게 발견할 것인가? 많은 부모들은 이 숙제를 놓고 고민한다. 전문기관의 적성검사도 그래서 등장했다. 재능이나 성격 등을 참작해서 자기에게 맞는 진로를 결정하는 데 참고가 되게 하기 위한 검사다. 도움이 되긴 하겠지만 거기엔 한계가 있다. 많은 문제점이 있는 것도 사실이다.

부모가 집에서 손쉽게 할 수 있는 방법은 무엇보다 아이들의 관심이다. 아이들이 좋아하는 일, 특히 관심이 있는 일, 호기심을 갖는 일 등이 열쇠다. 거기에 길이 있다. 어느 특정분야에 재능이 있는 사람은 자연히 그 일을 좋아하게 된다. 그리고 그런 일은 작은 노력으로도 잘할 수 있고 남보다 앞설 수 있다. 따라서 아이들이 관심을 보이면 철저히 후원해야 한다.

우리가 진로를 결정하는 중요한 요인으로는 대체로 ①장래성 ②직업의 인기도 ③자기 적성 등을 참조한다. 그러나 무엇보다 우선해서 생각해야 할 점은 자기가 좋아하는 일이어야 한다. 자기가 하고 싶은 일이라야 된다. 이게 먼저다. 그래야 능률이 오르고 지치지 않을 것이며, 작은 노력에도 발전이 빠르다. 장래성이나 인기와는 관계없이 저 하고 싶은 일을 해야 성공도 빠르다.

세상에 자기 하고픈 일을 하는 사람만큼 행복한 이도 없을 것이다. 좋아하는 일을 하라, 그게 성공의 비결이다. 운동이 좋으면 운동선수가 되고, 요리가 좋으면 요리사가 되라. 직업에 귀천이 없다는 건 누구를 위로하려는 말이 아니다. 남이야 뭐라든 나 좋으면 하는 거다.

물론, 좋아하는 걸 한다고 다 성공한다는 보장은 없다. 하지만 실패했다고 후회는 않을 것이다. 내가 좋아하는 일을 했다는 것만으로도 자부심을 가질 수 있을 것이다. 같은 인생이라면 자기 좋아하는 일을 하다가 죽는 편이 낫다. 실패니 성공이니 따질 것도 없다. 저 하고픈 일을 할 수만 있다면 그로써 만족이지 굳이 성공이니 실패니 하는 저울질을 왜 해야 하는가.

최근 인기직종으로 '재미있는 일', '신나는 일' 등이 부상하고 있다. 명예도 보수도 뒷전, 자기 좋아하는 일을 하면서 살겠다는 것이다. 해서 요즘음은 노동과 레저 구별도 옛날과는 달라졌다. 무슨 일이든 자기가 좋아서 하는 일이면 그건 취미요, 레저다. 세속적인 출세나 성공을 떠나서 아이 인생의 질이 얼마나 풍요롭고 행복에 겨울 것인가를 생각해야 한다.

인기직업이란 시대변화에 따라 달라진다. 앞으로 또 무슨 직업이 인기를 얻을지 아무도 모른다. 한 가지 분명한 것은 자기가 좋아하는 일을 하는 것이 가장 이상적이라는 것이다. 싫은 걸 억지로 하면 평생을 후회한다. 설령 그 분야에서 성공했다 하더라도 후회가 남는다. 남들은 성공이라 해도 자신의 생각은 그렇지가 않다. 이렇게 되면 그의 인생은 실패작이다. 한 번의 인생, 좋아하는 일을 해야 한다.

하지만 부모들의 구태의연한 태도는 아이를 불행하게 만든다. 지금도 아이 적성과는 관계없이 출세주의·관료주의·안전 제일주의에 빠져있다. 그래서 아이들과 마찰을 일으키기도 하지만 부모는 한사코 낡은 고집을 꺾으려 하지 않는다.

아이의 반발과 싸우면서 왜 그런 고집을 부리는 걸까? 그 속을 들여다보면 당신 가슴이 뜨끔할는지 모른다.

우선 그것이 당신의 허영이라는 사실을 지적하지 않을 수 없다. 아이 본위가 아니라 내 허영심 충족을 위해 아이를 희생시킬 작정이다. '사'자라도 붙는 자리에 올라야 체면이 선다. 아직도 관료적인 의식에서 못 벗어난 우리여서 출세라는 의미도 지극히 관료적이다. 그쪽으로 나가야 부모가 어디 가서도 할 말이 있다. 자랑도 하고 우쭐댈 수 있다. 아이는 싫어도 부모는 좋다.

부모의 한이 맺힌 경우도 있을 것이다. 내가 못 이룬 꿈을 자식이 이루어줬으면 하는 한풀이다. 아니면 아이의 이상과는 관계없이 돈이나 잘 벌어 내 노후보장이 확실해야겠다는 지극히 이기적인 발상이다. 어느 쪽이든 둘 다 불행이다.

✛ Brain

좋아하는 일을 해야 행복 물질 분비

우리가 좋아하는 일을 하면 중추에 세로토닌이나 베타 엔도르핀이라는 일명 '행복 물질'이 많이 분비된다. 이것은 아편보다 50배나 강력한 효력을 지니고 있어 이게 증가되면 우리를 황홀한 행복감에 젖어들게 한다. 이것은 보통 때는 중추신경의 다른 회로에 눌려 잠잠하지만 좋은 일이나 기쁜 일을 할 때면 이 특정 회로가 활성화되어 흐뭇한 기분이 가슴 가득히 차오름을 느낄 수 있는 것이다. 이름하여 행복 물질이다.

아이들은 쉽게 이 회로가 자극되기 때문에 엔도르핀의 분비도 많다. 시궁창에 굴러도 아이들은 그저 즐겁기만 하다. 엔도르핀 회로가 쉽게 자극되고 활성화되기 때문이다. 좋아하는 일을 하면 능률도 오르고 피로하지도 않은 이유가 이 때문이다.

천재망상증에 걸린 한국 엄마

> 보통아이를 천재로 키우려는 엄마의 욕심은 비극이다. 아이의
> 능력에 맞게 키워야 한다. 짐이 무거우면 쓰러진다. 그냥 두면
> 평균작은 될 것을 천재교육으로 폐인을 만들어선 안 될 일이다.

한국 엄마의 소원은 하나같이 아이 공부 잘하는 것일 게다. 다음
이 남편 돈 잘 버는 것, 그리고 세 번째가 남편의 건강이다. 자신은
물론 아이의 건강은 뒷전이다. 어떤 희생을 치르더라도 아이 공부를
잘 시켜야 한다. 그게 전부다.

그래서 모든 엄마는 아이가 천재이기를 바란다. 개발만 잘하면
그렇게 될 수 있을 것으로 믿고 있다. 아이에 관한 한 천재망상증에
걸린 엄마는 의외로 많다. 천재로 키우기 위해선 일찍부터 서둘러야
한다. 유치원도 들어가기 전에 온갖 지능개발 기구를 사다놓고 아이

를 달달 볶기 시작한다. 요즈음 토막기사에 실린 조기교육 붐이 이런 엄마들의 안달을 더욱 부채질하고 있다. 한글은 물론이고 영어까지 가르친다. 그뿐인가, 온갖 예체능 학원까지 아주 결사적이다.

"이 아이는 소질이 있습니다. 천재성을 발휘할 수 있도록 개발을 잘해야 합니다. 저한테 맡겨주십시오."

이 한마디에 넘어간다. 아니, 넘어갈 준비를 하고 왔다. 이렇게 해서 조기교육, 영재교육이 시작된다. 이것이 오늘날 뒷골목에서 벌어지고 있는 천재교육의 실상이다.

문외한인 내가 그 교육적 폐해를 이야기할 처지는 아니다. 하지만 아이들 정서발달에 너무도 엄청난 폐해를 주고 있다는 사실만은 지적하지 않을 수 없다. 한마디로 이 무거운 짐을 지고서도 옳게 자랄 수 있는 아이는 없다. 비틀거리다 쓰러진다. 천재는 이렇게 길러지는 게 아니다.

천재는 타고난다. 그리고 그 확률은 대단히 낮다. 흔하면 천재가 아니다. 그 다음, 어느 분야의 천재성을 찾아내기 위해서는 전문적이고 종합적인 접근을 해야 한다.

외국의 경우는 학교 추천에 의해 전문적인 기관에서 아이를 종합 평가한다. 그 다음 이 아이가 천재교육 프로그램을 감당할 수 있는지에 대한 심리학·정신의학적 평가도 함께한다. 모든 조건을 갖추었다고 생각될 때 최후로 부모와 아이의 동의를 구해야 한다. 여기서 싫다면 그 아이는 여느 아이처럼 보통 교육을 받게 된다.

이래야 순리다. 한데 우리는 엄마가 천재라는 판단을 먼저하고 사설 학원에 의뢰한다. 학생이 돈이라 학원 선생은 엄마의 천재망상에 동의한다. 심지어 지능 검사하는 선생에게 뇌물 공세를 펴는 엄마도 있다.

그러니까 우리의 천재교육은 출발부터가 엉터리다. 천재교육은 타고난 재능, 정서적 수용력 그리고 범국가적인 제도적 지원이 있어야 한다. 엄마의 욕심, 극성으로 되는 게 아니다. 돈으로 되는 것도 물론 아니다.

유태민족은 세계적 천재를 많이 배출했다. 하지만 이들의 교육은 우리와는 전혀 다르다. 유태인의 엄마도 아이들 교육에 관한 한 대단히 열성이다. 하지만 극성을 떨진 않는다. 한국의 엄마들이 들으면 놀라겠지만 유치원에선 숫자나 글자를 안 가르친다는 사실이다. 이걸 미리 가르쳤다간 학교에서 정상수업이 안되기 때문이다.

이미 배운 걸 또 가르치니 아이들은 흥미를 잃게 된다. 새로운 것에의 호기심을 앗아 갔으니 공부시간에 장난만 치려든다. 선생 말에 귀를 기울이지 않고 주의가 산만해진다. 자기는 다 안다고 자만에 빠지거나 교만해진다. 자신뿐 아니라 다른 아이들에게도 방해가 된다. 선생한테 자주 꾸중을 듣게 되고, 차츰 학교가 싫어진다. 이게 엄마의 극성이 빚은 가짜 천재 조기교육의 부산물이자 선행학습의 폐해다.

이 뿐만 아니다. 교과과정은 많은 교육 전문가들이 아이들의 인지발달이나 지능수준에 맞게 짜여 있다. 그걸 억지로 미리 당겨한다는 건 아직도 발달과정에 있는 아이들의 뇌 신경회로에 엄청난 부담으로 작용, 제대로 작동을 할 수 없게 된다.

심리학 분야에서의 피아제의 업적은 찬연하다. 노벨상을 받아서만은 아니다. 그의 '인지 발달론'은 심리학계의 혁명이었다. 그러한 그도 중학교 때까지는 평범한 학생이었다. 여느 학생처럼 보통 교육을 받고 있었다. 그의 천재성을 발견한 건 중학시절 담임선생이었다. 생물학에 비상한 재능을 인정한 선생은 그에게 일체의 숙제를 내지 않고 자기 하고 싶은 공부를 하게 했다. 다른 학과 성적은 묻지도 않았다. 선생은 그에게 특별활동을 허가했다. 학교의 정규수업보다 도서관이나 식물원, 동물원으로 보내 그곳 전문가들과 함께 공부할 수 있게 배려했다.

피아제의 천재성은 이런 기회를 통해 개발되었다. 담임선생의 뛰어난 지도력 덕이었다. 그리고 무엇보다 그런 식의 교육이 허용될 수 있는 제도적 장치가 마련되어 있었기 때문이다.

피아제가 스위스가 아닌 오늘의 한국에 태어났다면 어떻게 되었을까?

한 사람의 천재가 세상에 빛을 발하기 위해선 천부적인 천재성과 환경, 이를 발견하여 교육시키는 3박자가 고루 갖추어져야 한다. 천재로 태어나도 천재로 피지 못하는 것은 비극이다. 그러나 더 큰 비극은 보통아이를 천재로 키우려는 엄마의 욕심이다. 아이의 능력에 맞게 키워야 한다. 짐이 무거우면 쓰러진다. 그냥 두면 평균작은 될 것을 천재교육으로 폐인을 만들어선 안 될 일이다.

아이의 장점을 보라

아이마다의 특성, 아이마다의 개성을 살려 교육이 되어야 하는데 언제나 말뿐이다. 주입식, 획일적인 지금의 교육 제도로선 이게 거의 불가능하다. 자폐적 증상도 그 아이 나름의 개성이다.

미국행 비행기에서 만난 미국인 중년 여성. 그녀는 아들 형제를 두고 있는데 형은 공부를 잘해서 MIT 교수라고 했다. 그러나 동생은 공부를 아주 싫어하고 못한다고 했다.

"그런데 그 아이는 사람을 참 사랑해요."

와! 참으로 멋진 엄마다. 이 짧은 한마디가 나를 감동시켰다. 공부 잘하는 아이만이 자랑인 한국 엄마들에게 들려주고 싶은 인간적인 에피소드다.

명색이 경험 많은 정신과 전문의로서 좀 부끄러운 이야기를 해야겠다.

초등학교 2·3년생쯤으로 기억된다. 엄마와 함께 진료실에 들어오긴 했지만 아이는 내 얼굴을 한 번도 쳐다보지 않았다. 장난감만 열심히 들여다 본 채 묻는 말에도 대꾸를 하지 않았다.

아이는 벌써 여러 전문가로부터 자폐증이란 진단을 받고 특수 교육, 특수 치료 시설을 전전하고 있는 중이었다. 별 진전이 없자 초조해진 어머니가 미국으로 보낼 생각에서 내 의견을 물으러 온 것이었다. 거기는 치료 시설도 좋거니와 이런 장애아를 위한 프로그램이 잘되어 있으리라는 생각 때문이었다. 나도 별 생각 없이 동의했다. 그리고 몇 년이 지난 어느 날, 훤칠한 청년이 어머니와 함께 꽃을 들고 나타났다.

"선생님, 감사합니다."

어색한 웃음을 머금고 어색한 한국말로 인사를 해왔다. 이 청년이 자폐아로 진단 받고 미국으로 간 그 아이일 줄은 꿈에도 생각지 못했다. 그는 미국에서 대학 2년생으로 하키클럽의 부주장까지 맡고 있었다. 나는 정말이지 부끄러워 그를 똑바로 쳐다볼 수 없었다. 그가 떠난 후 한참 동안 화끈거리는 얼굴을 주체할 수 없었다. 그리고 우리 교육에 큰 문제가 있다는 생각을 지울 수 없었다.

아이마다의 특성, 아이마다의 개성을 살려 교육이 되어야 하는

데 언제나 말뿐이다. 주입식, 획일적인 지금의 교육 제도로선 이게 거의 불가능하다. 자폐적 증상도 그 아이 나름의 개성이다. 하지만 이런 개성은 지금의 교육 제도에 적응할 수 없게 되어 있다. 우선 점수를 딸 수 없으니 탈락할 수밖에 없다. 문제가 더욱 심각한 건 학교 탈락이 곧바로 사회 탈락으로 이어진다는 사실이다. 부모로선 어떻게든 공부를 시키려고 안간힘을 쓴다.

그 아이를 미국 학교에 입학시킨 후 어머니가 아이 선생님을 만났다.

"공부를 못해 어떡하죠?"

엄마의 첫마디였다. 그러자 미국 선생은 깜짝 놀라,

"천만의 말씀, 그 아이는 아주 좋은 공부를 하고 있습니다."라고 말했다. 이건 위로가 아니고 그 선생의 믿음이었다.

난 그 이야기를 들으면서 미국 유학 시절의 기억이 떠올랐다. 일주일에 한 번씩 학교 보건소에 나갔는데 그 곳 선생들의 수업 장면이 아주 인상적이었다. 무엇보다 아이 하나하나의 특성을 정확히 파악해 그 아이에 맞는 수업을 하고 있었다는 점이다. 말이 한 반이지 사실은 한 아이와의 개인교습이나 같았다.

공부를 잘하는 아이도 있고 못하는 아이도 있을 것이다. 운동 잘하는 아이, 못하는 아이, 얌체도 있고 욕심쟁이도 있을 것이다. 싸움 잘하는 녀석, 남의 걸 훔치는 아이는 왜 없을라고. 하지만 그 교사는 아이들 하나하나의 개성을 파악하고 그 나름의 장점을 찾아내 칭찬해주고 귀여워해주었다.

교육의 참모습이 어떤 것인가를 생각하게 해준 선생님이었다. 당시 자폐증이란 진단을 깊은 생각 없이 내린 나 자신이 부끄럽다. 설령 자폐증이라 하더라도 좀더 인내심을 갖고 가까이 다가서려는 노력조차 하지 않았다는 것이 정말 부끄럽다.

좋아하는 것도 떠밀지 마라 • • • •

피아노를 전공하는 성희가 처음 내 진료실에 나타난 건 고3 때였습니다. 그는 매사에 자신이 없고 멍해져서 곧 다가올 대학 입시를 걱정할 기력마저 없다는 것이었습니다. 그때만 해도 흔한 고3병이려니 하고 별로 심각하게 생각지 않았습니다.

그가 다시 찾아 온 것은 이듬해 여름방학 때였습니다. 용케 명문대에 합격은 했지만 멍청해진 자기 모습은 1년 전이나 다름없고 오히려 심해져가고 있다는 것이었죠. 난 그제야 이 학생에게 무언가 심각한 문제가 진행되고 있는 건 아닌가 걱정이 되었습니다.

성희네 가정환경은 평균적인 한국의 중산층이었습니다. 늦둥이 외딸로 태어난 그는 부모의 귀염둥이로 티 없이 잘 자랐고, 친구도 잘 사귀고 때론 사내아이들과 싸움질도 하는 등 활달하고 적극적인 아이였습니다. 이 점이 못내 걱정이었던 부모가 성희의 정서교육을 위해 피아노를 구입했고, 이웃집 음대 학생이 기초를 가르쳤습니다.

성희는 아주 좋아했습니다. 어린이 콩쿠르에 나가 입상을 했습니다. 선생의 기대도 컸고 부모의 욕심도 커졌습니다. 피아노 교습 시간이 차츰 길어졌습니다. 예고에 진학하면서부터 성희는 눈만 뜨면 공부, 연습의 연속이었습니다. 노는 시간을 줄여야 했습니다. 이젠 학교 친구도 모두 경쟁의 대상이었고 적이었으니까요. 그 발랄한 아이가 공부하는 기계로 전락하고 만 것입니다.

성희는 부모 시키는 대로 열심히 했습니다. 덕분에 그의 연주 솜씨는 상당한 수준에 올랐는데, 고학년에 올라가면서 문제가 생겼습니다. 선생마다 하는 지적이 똑같았습니다.

"너는 연주는 정확한데 감정이 없어."

이런 지적은 그에겐 충격이었습니다. 그 이후 자기가 마치 로봇 같은 기분이 들기 시작했습니다. 멍청해져서 아무것도 할 수 없었습니다. 이윽고 부모의 반대를 물리치고 휴학, 아예 단발을 하고 절로 들어갔습니다. 얼마간의 시간이 흘렀지만 멍한 상태였습니다. 법문을 들어도 귀에 남지 않았습니다. 그러던 어느 날 밤, 훤한 달빛에 잠이 깼습니다. 그때 절간 처마의 풍경소리가 은은히 들려왔습니다.

아! 저 소리. 참으로 오랜만에 그는 살아 숨 쉬는 소리를 들었습니다.

"그래, 모두가 가짜였어."

이게 그날 밤 성희가 외친 한마디였습니다.

정서 함양, 정서 교육을 합네 하고 아이의 정서를 죽여선 안됩니다. 정서 교육이란 아이가 진정 하고 싶어서, 그리고 자발적으로 해야 합니다. 싫으면 중도에 그만둬야 합니다. 그만두게 하면 의지가 약해질까 두려워 억지로 시키는 데서 문제가 발생합니다. 성희처럼.

착한 아이라면 모든 걸 참고 부모 시키는 대로 할 수도 있을 것입니다. 하지만 결과는 비참합니다. 친구와 놀 시간도, 만화 한 쪽 볼 시간도 없습니다. 이건 취미도 아니요, 정서 교육은 더더욱 아닙니다.

PART 04

엄 마 , 그 렇 게 키 워 선 안 됩 니 다

공부, 스스로
할때까지
기다려라

잘 놀 줄 아는 아이가 공부도 잘한다.

놀이를 통해 종합적인 지적능력과 운동신경이 발달한다. 놀 줄 모르는 아이는 위험하다. 성격적으로 결정적인 문제가 있다는 증거다.

공부도 놀이하듯 해야 한다.

공부는 싫은 것이다. 이 점을 이해하고 어떻게 하면 덜 싫어하고 흥미를 갖게 할 수 있을까부터 연구해야 한다.

공부는 스스로 하는 것.

스스로 자각할 때까지 기다려줘라. 그리고 자신의 페이스대로 공부할 수 있도록 응원해줘라. 공부는 아이가 하는 것이다.

80점이면 충분하다.

80점이면 됐다고 생각해라. 아니, 고맙게 생각해야 한다. 나머지 시간에 아이는 자기를 키워 갈 수 있기 때문이다. 엄마의 이런 여유와 배포가 아이를 진짜 수재로 만든다.

놀 줄 모르는 아이는 위험하다

놀이를 통해 종합적인 지적능력과 운동신경이 발달한다. 놀 줄
모르는 아이는 위험하다. 성격적으로 결정적인 문제가 있다는
증거다. 중증 노이로제로 고통을 받게 될지도 모른다.

한국 엄마 눈엔 공부 이외의 모든 일은 '노는 것'으로 보인다. 교육용 TV도 그렇고, 생리적인 잠도 안 된다. 만화, 음악도 물론 놀이다. 친구와의 잠시 외출도 엄마를 불안하게 만든다. 아이들에게 필요한 최소한의 여유도 엄마에겐 공부가 아닌 이상 '노는 일'이다. 그저 공부, 공부뿐이다.

엄마 욕심대로라면 아이들은 그저 온종일 공부에만 매달려야 한다. 노는 것과는 아예 담을 쌓고 오직 공부에만 몰두하는 아이가 소원이다. 공부 안 해 속이 상한 엄마라면 그런 바람도 무리는 아닐 것

이다.

많은 엄마들이 아이들 공부 못하는 건 걱정하지만 놀지 못하는 건 걱정하지 않는다. 걱정은커녕 좋아한다. 하지만 멀리 볼 때 정녕 걱정해야 할 아이는 놀 줄 모르는 아이다. 놀고 싶어도 참고 공부하는 아이와 아예 놀 줄 몰라 공부만 하는 아이와는 질적으로 다르다. 이상적으로 말한다면 놀기도 잘하고 공부도 잘해야 한다.

놀 줄 모르는 아이는 위험하다. 성격적으로 결정적인 문제가 있다는 증거다. 중증 노이로제로 고통을 받게 될지도 모른다. 그럭저럭 큰 탈 없이 청소년기를 넘긴다 해도 왕성한 사회활동을 통해 지도자가 될 위인은 못된다. 대인관계가 잘 안 되기 때문이다. 이런 사람이 잘할 수 있는 분야는 극히 제한돼 있다. 연구실 아니면 컴퓨터 등 기계를 조작하는 일처럼 남이 안 보는 구석에서나 일할 수 있다. 놀이는 동물의 본능적 욕구다. 이게 안 된다면 보통 문제가 아니다.

잭슨 군은 약관 17세에 이미 박사 과정을 밟고 있었다. 그가 정신과를 찾은 이유는 자기도 남들처럼 놀 수 있게 해달라는 치료를 위해서였다. 놀 줄 모르고 놀고 싶지도 않고 따라서 놀아 본 적이 없다. 잠시도 공부하지 않고는 불안해서 견딜 수 없다는 그의 호소였다. 그는 왼손가락 첫마디 모두에 상처를 입고 있었다. 잠이 오면 공부를 못하게 되니까 계속 손가락을 깨물기 때문이다. 잠시라도 놀면 불안해서 견딜 수 없다는 잭슨 군이었다.

행복한 고민도 있구나 싶은 생각을 할 수 있을 것이다. 하지만 그에겐 절박한 문제였다. 그가 이 문제로 두 번이나 자살기도를 한 것만 봐도 알 수 있다. 나도 남들처럼 떠들고 웃고 신나게 놀 수 있도록 치료해달라는 잭슨 군의 이야기가 한국의 엄마에겐 우습게 들릴지 모른다. 하지만 이건 병이다. 병도 큰 병이다.

우리는 아이들이 놀면 불안해진다. 아이들도 눈치는 빨라 잠시 TV를 보면서도 책을 펴들고 있다. 엄마를 안심시키기 위해서다. 노는 것도 아니고 공부하는 것도 아닌 어정쩡한 상태다. 노는 이상 열심히 놀아야 한다. 모든 걸 잊고 신나게 놀아야 한다. 마음껏 뛰놀게 해야 한다.

나는 지금도 어릴 적 일요일 골목 풍경이 가끔 떠오를 때가 있다. 동네 개구쟁이들이 신나게 한 판 어울렸는데 느닷없이 훼방을 놓는 혁이네 엄마가 나타난다. 점심 먹을 시간이라는 것이다. 조금 있으면 광이네 엄마가 숙제할 시간이라고 또 불러들인다. 그들이 끌려가 버린 골목은 갑자기 썰렁해진다. 남은 아이들도 더 이상 놀 흥이 깨져 버린다. 끌려간 아이들이 불쌍하기도 하지만 불러들인 엄마가 밉기도 하다.

점심 한 끼 굶는다고 무슨 영양실조에 걸릴 일도 아닐 텐데, 저렇게 끌려가서 무슨 공부가 되랴! 어린 내 마음속에도 이런 빈정거림이 스쳐가고 있었다. 나의 이런 악담은 적중했다. 그런다고 다른 아이보다 특히 건강하지도, 공부를 잘하지도 않았다.

정신과를 전공하면서도 가끔 생각나지만 어릴 적 내 생각이 그리 틀리지 않다는 사실에 놀라지 않을 수 없다. 어려운 이론은 아니다. 짜증이 나면서 공부를 방해하는 분노의 호르몬, 노르아드레날린이 분비돼 공부가 더욱 싫어지기 때문이다. 신나는 놀이를 남겨두고 공부가 될 턱이 있겠는가.

놀 때는 놀게 해야 한다. 아이들 교육에 관한 한 극성이기로 이름난 유태인 엄마도 이 점에서만은 아주 분명하다. 그 나라 유치원에서는 아이들에게 글자나 숫자를 가르치지 않는다. 그저 신나게 떠들고 노는 것만을 가르친다. 잘 놀 수 있는 아이가 나중에 공부도 잘한다는 사실을 믿기 때문이다. 설령 공부를 못해도 놀 줄 모르는 아이보다는 낫다는 이야기다.

물론 놀기만 하는 아이가 성적이 오를 수는 없다. 내가 말하고 싶은 건 잘 노는 아이가 머리도 좋다는 뜻이다. 놀기를 적당히 자제하면서 공부도 하면 잘할 수 있는 아이라는 뜻이다. 농담을 잘하는 아이, 잘 웃기는 아이, 놀이를 리드하는 아이, 그래서 어딜 가나 인기좋은 아이는 예외 없이 머리가 좋은 아이다. 순간적인 센스, 기민한 판단력, 상황을 읽어내는 정확한 분위기 파악 등 머리 나쁜 아이라면 가당치도 않은 일이다. 놀이라는 것은 종합적인 두뇌 회전이 빨라야 되는 고도의 지적 기능이다.

숨바꼭질하던 시절을 떠올려보라. 술래는 잡으러 오지, 더 이상 달아날 수도 없는 막다른 상황이다. 어떡하지? 창을 뛰어 넘을까? 다치기나 한 양 엄살을 떨까? 숨을 참고 풀 속에 숨을까? 아니면 낡은 기계 밑으로 숨을까? 온갖 궁리가 다 떠오른다. 하지만 우물쭈물할 시간이 없다. 어느 쪽이든 빨리 결단을 내려야 한다.

순간적 상황판단이 빨라야 한다. 관찰력, 분석력, 추리력 등 문제 해결을 위한 모든 사고력이 총동원된 결단을 내린 후 사태가 어떻게 될 것이냐도 예의주시해야 한다. 미래에 대한 예측능력도 있어야 한다. 이러한 정신활동은 고차원적인 창조성을 요한다. 사고력 발달의 중요한 체험이다.

공부를 해야만 지적 능력이 발달한다고 믿는다면 좁은 소견이다. 놀이를 통해 종합적인 지적능력이 발달한다는 사실을 간과해선 안 된다. 그 뿐 아니다. 결단을 내린 이상 민첩하게 움직여야 한다. 반사신경, 발놀림, 손놀림 하나까지 조화를 이루어야 한다. 놀이가 운동능력을 촉진시키는 건 이런 이유에서다.

놀이 예찬론을 펴자는 뜻은 아니다. 다만 놀기를 잘하는 아이는 우수한 두뇌를 갖고 있는 아이라는 사실을 확인시키기 위해서다. 어렸을 때 마음껏 뛰어놀아야 우뇌가 발달하고 감성과 창의력도 발달한다. 특히 창의력은 놀이의 부산물이다. 따라서 잘 노는 아이는 축복 받은 아이다. 문제는 놀이에 쏟는 정열을 어떻게 절제시켜 가면서 공부로 연결하느냐 하는 균형 잡기다. 유능한 재주를 어떻게 건설적으로 활용할 수 있게 도와주느냐가 과제다.

✚ Brain

뇌피로란?

뇌피로란 말 그대로 뇌가 피로한 상태다. 몸을 오래 쓰면 피로하듯 뇌도 마찬가지다. 뇌피로는 복합적인 요인으로 발생한다. 뇌는 싫은 일을 억지로 해야 하는 스트레스를 가장 싫어한다. 그렇기 때문에 스트레스를 받으면 본능적 감정중추인 변연계, 특히 편도체에 많은 상처가 생긴다. 공부 등 뇌를 많이 써야 하는 활동도 뇌피로 증상을 가져오며, 구피질의 동물적 본성을 발휘하지 못하도록 계속 억압하는 것도 뇌를 피로하게 만든다. 뇌가 정상적으로 기능하려면 뇌 속의 신경전달물질들이 균형을 이루어야 하는데 뇌피로 상태에서는 이러한 균형이 깨진다.

우리 뇌 속에는 30~100가지의 많은 신경전달물질이 있는데, 이 중 가장 중요한 물질은 노르아드레날린, 세로토닌, 도파민과 엔도르핀을 들 수 있다. 뇌가 지치면 짜증스러운 노르아드레날린이 분비되고, 노르아드레날린을 조절하기 위해 세로토닌 소비도 급증한다. 그러다 세로토닌이 바닥나면 폭발하게 되는 것이다.

뇌피로는 자각증상이 확실치 않아 더 위험하다. 막연하게 머리가 아픈 정도다. 하지만 뇌에 좋은 휴식을 취하면 그제야 뇌피로 상태였다는 것을 깨닫게 된다. 지친 뇌에 가장 좋은 피로 회복제는 즐거움이다.

먼저 공부하는 이유를 깨달아야

공부란 싫은 것이란 사실부터 솔직히 인정해야 한다. 그제야 아이들은 자신의 어려움을 이해하는 부모에게 마음의 문을 연다. 그리고 아무리 하기 싫은 일이라도 해야 할 의미가 분명할 땐 절대로 노이로제가 되지 않는다.

공부는 싫은 것이다.

세상의 부모는 이 분명한 사실부터 확인해둘 필요가 있다. 이건 자기 학생시절을 생각하면 쉽게 납득이 가는 일이다. 누가 공부하길 좋아해? 해야 하는 거니까 했을 뿐이다. 아버지가 무서워 한 사람도 있고 공부 못하면 창피하니까 한 사람도 있을 것이다. 그러나 좋아서 한 사람은 별로 없다.

나 역시 그랬다. 솔직히 난 대학을 졸업하는 그날까지 공부가 재미있어서 해본 적이 없다. 의사 국가고시, 미국 의사 시험, 인턴 수련까지, 내게 공부는 차라리 형벌이었다. 공부에 재미를 들인 건 미국에서 정신과 전문의 공부를 하면서부터였다. 미국의 각 학교를 돌아다니면서 그 시설이나 교습 방법을 참관한 후 갑자기 공부가 하고 싶어졌다. '이런 데서 다시 한 번 공부해봤으면'하는 마음이 간절해졌다. 내 나이 서른 살 때의 일이다. 그 이후부터는 연구실에서 혼자 책 읽고 글 쓰는 일이 내게 가장 즐거운 일이 되었다. 이제 진짜 공부를 하는 기분이다. 그때서야 철이 든 것일까? 하지만 이게 공부라는 마물이 갖고 있는 속성이다.

다시 한 번 말하지만 공부는 싫은 거다. 그 싫은 걸 학교에서도 모자라 집에서, 그리고 하루 이틀도 아닌 십년 이상을 하는 아이들이다. 웬만한 어른도 참고 견디기 힘든 일이다. 뇌과학적으로나 심리학적으로나 공부는 억지로 한다고 되는 것이 아니다. 공부버릇, 이것만은 강요할 일도, 기대할 일도 아니다. 그렇다면 그냥 그대로 놔두란 말이냐? 물론 그래서도 안 된다. 필요한 만큼 공부는 시켜야 하는 게 현실이다.

그러기 위해 우선 필요한 게 어머니의 의식 전환이다. 공부란 싫은 것이란 사실부터 솔직히 인정하는 자세여야 한다. 그런 전제에서 시작해야 대화가 된다. 그제야 아이들은 자신의 어려움을 이해하는 부모에게 마음의 문을 연다.

이것은 소위 대화의 기본이다. 아이들은 자신의 고통이 부모에게 전달되고 또 이해되는 것만으로도 마음이 가벼워진다. 그래, 공부는 싫은 거다. 하지만 해야 한다. 그래서 싫은 일도 해낸다는 건 훌륭한 일이란 것이 아이에게 전달되어야 한다. 아이는 공부하는 데 자긍심을 갖게 되고 차츰 싫은 기분이 가신다.

공부를 너무 열심히 한 나머지 정신병이 되었다는 학생들이 가끔 있다. 정신병 환자가 되었다니 좀 안된 이야기지만, 그러나 그건 공부를 너무 한 게 원인은 아니다. 공부가 원인이라면 이름난 박사나 교수는 모두 정신병이 되어 있어야 하지 않겠는가. 천재와 정신병은 종이 한 장 차이라지만 천만의 말씀이다. 천재와 정신병은 엄연히 다르다.

중학교 졸업 때까지 김 군은 전교에서 수석을 다투는 수재였다. 그러나 고등학교에 진학하고부터 차츰 성적이 떨어지더니, 2학년에 올라가선 완전히 정신병으로 진전됐다. 가족이나 학교 선생까지도 그가 너무 공부를 열심히 해 그리 되었노라고 했다. 그러나 그건 오해다.

그가 중학교 때까지 1, 2등을 하게 된 것부터가 수재라서 그런 게 아니고 사실은 그게 곧 정신병의 전초전이었던 것이다. 내성적인 성격이라 그는 친구도 없고 취미도 없으니, 집에 돌아와 자기 방에 처박혀 할 일이라곤 공부밖에 없다. 그래서 1, 2등을 할 수도 있었다.

이것이 곧 병의 시작이다. 천재라서 1등을 한 게 아니고 병적 집념 때문이었다. 그러나 증세가 점점 심해져서 공부에 지장이 있을 정도면 성적은 급격히 떨어져서 누가 보아도 완연한 정신병으로 발전한다.

공부란 앞에서 말했듯이 하기 싫은 게 정상이다. 김 군처럼 공부가 취미라는 학생은 문제다. 부끄러운 이야기지만 난 학교 시험 때마다 잠시 쉬는 동안에 라디오를 켜는 버릇이 있었다. 행여 우리 학교에 불이라도 나면 얼마나 좋으랴 싶은 기대에서였다. 불행히(?) 한 번도 불이 나지 않아 서운하긴 했지만, 싫은 공부를 하자니 스트레스도 컸다. 그런데 왜 많은 사람들이 수십 년을 공부하면서도 정신병에 걸리지 않을까?

거기엔 분명한 정신의학적 이유가 있다. 싫긴 해도 공부를 해야할 이유가 분명하기 때문이다. 공부를 해야 훌륭한 사람이 된다는 건 우리가 어릴 적부터 들어왔기 때문에 일종의 조건반사처럼 되어있다. '공부=훌륭한 사람'이다. 아무리 하기 싫은 일이라도 해야 할 의미가 분명할 땐 절대로 노이로제가 되지 않는다. 의미 없는 갈등이 문제가 된다.

훈련 중인 병사들에게 아무 설명 없이 이쪽 흙을 파서 저쪽으로 옮기게 했다. 일을 하면서도 왜 해야 하는지 이해가 가지 않았다. 잘못해 기합을 받는 것도 아니다. 웅덩이를 파기 위한 것도 아닌 것 같다. 병사는 짜증이 났지만 상관의 명령이라 거역할 수 없다. 작업 능률이 떨어지고 부상자가 속출했다. 점점 화가 치밀어 밥맛도 없어졌다.

며칠 후 상관은 쌓인 흙더미에 공원을 만들 계획을 발표했다. 그 후부터 같은 일인데도 병사들의 사기는 물론이고 능률도 놀랄 정도로 향상되었다.

싫은 일을 오래 하면 감정중추에 사고가 생겨 행동중추를 난조에 빠뜨린다. 즉, 그 이상의 일을 못하게 방해를 한다. 그렇게 함으로써 몸에 미칠 나쁜 영향을 예방하려는 방어본능의 발동이다. 그런데도 억지로 참고 일을 계속하면 실수도 많고 능률도 떨어진다. 뿐만 아니라 몸에 여러 가지 부작용이 나타난다. 싫어도 해야 하는 갈등, 노이로제의 시작이다.

그러나 싫어도 내가 왜 이 일을 해야 하는지 그 의미가 분명할 땐 사고중추가 오히려 짜증난 감정중추를 달래기 시작한다. 비록 지금은 싫어도 언젠가는 훌륭한 사람이 될, 또는 저 흙더미 위에 필 꽃을 생각하노라면 짜증난 감정도 진정이 된다. 이런 작업이 중추에서 진행되면 싫어도 일을 할 수 있게끔 감정이 순화돼 사고 및 행동중추의 조화가 이뤄진다.

매일의 생활에서 짜증나는 일이 한두 가지가 아니다. 그냥 짜증을 부리면 계속 짜증스런 자극이 모든 중추신경을 자극하여 신체 전반에 나쁜 영향을 미친다. 짜증만 부릴 게 아니라 잠시 생각을 돌려 내가 왜 이 일을 해야 하는지 그 의미를 생각해보는 게 좋다.

　동전엔 양면이 있다. 아무리 하찮은 일에도 다른 한 면엔 언제나 숭고한 인생의 의미가 곁들여 있다.

　고통 속에 아름다운 의미를 발견할 수 있을 때, 그건 오히려 긍지가 된다. 의미가 분명하면 싫은 일을 한다고 노이로제가 되지는 않는다.

공부도 놀이다

공부에 흥미를 갖도록 해야 한다. 어떻게 흥미를 유발할 수 있을까를 연구해야 한다. 어릴수록 흥미가 첫째다. 사실 인간은 높은 지적 호기심을 갖고 있다. 이것을 잘 활용하면 공부도 놀이처럼 할 수 있다.

공부에 흥미를 갖도록 해야 한다. 어떻게 흥미를 유발할 수 있을까를 연구해야 한다. 공부 버릇 들인답시고 법석을 떨면 아이는 흥미를 잃는다. 그럴수록 공부는 싫은 것, 귀찮은 것, 괴로운 것이라는 조건반사가 형성된다. 특히 이건 어릴수록 더하다.

어릴수록 흥미가 첫째다. 놀이에서 시작해야 한다. 유치원 생활전부가 놀이로 구성돼 있는 원리를 어머니들이 터득할 필요가 있다. 아이들의 발달 단계에 따라 잘 놀도록 돕는 것이 독일의 발도르프(Waldorf) 교육의 핵심이다. 몸을 쓰고 음악을 듣고 그림을 그리면서 자신과 세계를 알아가며 성장한다.

사실, 인간은 어느 동물보다도 많은 지적 관심이나 호기심을 타고났다. 따라서 그냥 뒤도 아이들은 자발적으로 자라면서 지적 관심이 높아진다. 즉, 아이들은 본래 공부를 좋아한다는 결론이 가능하다. 그런데 왜 싫어하는 마음이 앞서게 되는 걸까? 그건 교육 방법에 문제가 있기 때문이다.

인간은 높은 지적 호기심과 함께 자유를 바라는 동물이다. 따라서 이 자발적인 자율성을 강하게 억압하거나 구속하면 강한 반발을 일으킨다. 일견해서 상치되는 것 같은 이 두 가지 측면을 생각하면서 우리의 교육 현장을 돌아보자.

아이들은 짜여진 스케줄에 따라 관리되고, 싫든 좋든 획일적인 교육제도 속으로 밀려들어간다. 원래 갖고 있던 지적 자발성이 저해될 건 뻔한 일이다. '즐기며 배운다'는 심리적 상황이 만들어져야 하는 이유가 여기 있다. 그래야 비로소 아이들은 지적 개발과 함께 지적 쾌락을 즐길 수 있게 된다.

침팬지에게 언어 학습을 시킨 실험이었다. 며칠간 학습을 시킨 어느 날, 수업 시간에 침팬지는 좌불안석, 여기저기를 돌아다니더니 결국은 사라져 버렸다.

학자들은 녀석이 공부가 싫어서 불안한 나머지 달아난 것으로 생각했다. 한데 의외의 사건이 일어났다. 녀석은 달아난 게 아니라 남보다 먼저 교실에 가서 열심히 키보드를 두드리고 있더라는 것이다. 침팬지는 공부가 싫었던 게 아니었다. 실은 너무 재미있어 빨리 교실에 가고 싶어 마치 소풍 가는 아이처럼 흥분을 해서 서성댄 것이다.

공부가 침팬지에게 먹고 사는 데 꼭 필요한 건 아니다. 그런데도 왜 공부에 재미를 느꼈을까? 그건 본능적으로 타고난 지적 호기심을 '적절히 자극했기' 때문이다. 너무 쉬운 문제에는 쉬 싫증을 냈으며 게으름을 피우거나 주의가 산만해졌다. 너무 어려운 문제에는 신경질을 부리며 공격적으로 되었다. 따라서 적절한 과제와 도전이 필요했다.

처음엔 답을 맞히면 맛있는 음식을 주었고 잘 받아먹었다. 그러더니 나중에 재미가 붙으니까 음식은 거들떠보지 않고 신나게 키보드만 두드려 댔다.

공부라면 으레 책상 앞에 앉아야 한다는 고정관념도 탈피해야 한다.

내가 카운슬러로 파견되었던 미국의 한 초등학교에선 6~8세 아이들이 한 교실에 섞여 있었다. 작은 그룹으로 나뉘어 아이들끼리 자발적으로 토론하고 선생님은 구석자리에서 지켜만 보고 있었다. 난 그 광경이 무척 좋았다. 오직 교단의 선생님만 뚫어지게 바라보면서 '입 다물고 듣기만 해야 하는' 우리 교실과는 너무나 달랐기 때문이다.

하지만 최근에는 우리 교육 현장에도 토론식 수업이 도입되고 있다. 모둠을 구성해 이게 좋네, 저게 좋네 각자의 의견을 말한다. 토론식 수업을 하면 우선 엎드려 자는 아이들이 없다. 모두가 주체적으로 수업에 참여해야 하기 때문이다.

많은 학생을 앉혀 놓고 정답을 주입식으로 가르치기보다 토론을 통해 학생 스스로 해답을 찾는 일이 당장의 능률은 떨어진다. 아이들이 스스로 해답을 찾기까지 기다려야 하는 교사의 인내심도 필요할 것이고. 하지만 학교가 달라지고 있다. 이제 부모들도 어떻게 하면 아이들이 흥미를 갖고 공부할 수 있을까를 연구해야 한다.

+ Brain

뇌는 공부를 좋아해

뇌는 공부를 통해 새로운 걸 알게 될 때 환희를 느낀다. 이때 우리 뇌는 그 기분 좋은 상태를 유지하기 위해 도파민, 세로토닌 등의 쾌락 보수 물질을 방출한다. 공부를 해서 하나를 알면 기분 좋은 보상을 해주고 칭찬도 듣는다. 그러면 다시 보상을 받기 위해 공부를 더 하게 된다. 사실 지적 쾌감을 주는 것만큼 뇌가 좋아하는 일도 없다.

그리고 신경세포 연결망이 증식되고 새로운 회로도 형성된다. 예를 들어, 멋진 영어 문장을 외우면 기분이 뿌듯해진다. 도파민이 분비되고, 그 문장을 저장하기 위한 새로운 신경회로가 생긴다. 나중에 비슷한 문장을 만나면 방금 만든 신경회로가 활성화되어 쉽게 이해할 수 있다. 이게 뇌의 학습 원리다. 이 간단한 원리를 활용하면 공부를 재미있게 할 수 있다.

하지만 싫은 공부를 억지로 시키면 아드레날린과 노르아드레날린이 발동해 공부에 집중할 수 없다. 특히 노르아드레날린이 분비되면 참을성이 없어지고 하기 싫은 일은 더욱 하기 싫어진다. 공부하기 싫다는 생각을 하는 순간, 짜증이 나면서 공부가 더욱 하기 싫어진다.

따라서 공부할 때는 아드레날린과 노르아드레날린이 습격하기 전에 세로토닌을 동원해 주의집중력, 기억력을 올리고 의욕 호르몬인 도파민을 잘 활용해야 한다.

• •

자기주도 학습력을 키우자

아이에게 자각이 생기기까지는 시간이 걸린다. 속이야 타겠지만 기다릴 수 있어야 한다. 공부도 자율적으로 할 수 있는 날까지 기다려야 한다.

유치원에서 시작해 초등, 중, 고, 대학 그리고 석사, 박사과정까지 공부는 멀고도 지겨운 외길이다. 지름길도 없고 급행도 없다. 한 계단 두 계단 착실히 밝고 올라가야 한다. 한 눈 팔아도 안 된다. 옆 길로 가도 물론 안 된다. 오직 공부 하나만을 위해 전력투구해야 한다. 입학, 졸업시험 등 수많은 고비를 무사히 넘겨야 하기 때문이다. 욕심 같아선 재수 한 번 없이 모든 관문을 무사 통과했으면 하는 마음 간절하다. 기왕이면 선두 그룹에서 시원히 달려줬으면 좋겠다.

선두 그룹은 떨어질까 조마조마하고 중위 그룹은 더 안 올라가

애를 태운다. 하위 그룹이라도 포기하진 않는다. 어떻게든 중위 그룹에라도 끼어야 한다. 부모의 욕심은 한결같지만 불행히 아이는 저마다 다르다. 쉬지 않고 잘 뛰는 놈도 물론 있다. 그런가 하면 슬슬 걷는 아이, 주저앉아 버린 아이, 아예 옆길로 빠져버린 아이도 있다. 어떻게 하면 녀석이 중위 그룹에라도 낄 수 있을까. 회유, 설득, 협박, 조작……. 온갖 묘수를 다 부려본다.

시중엔 그런 책도 많이 나와 있다. 어떻게 하면 성적을 올릴 수 있는가에 대한 구체적인 상담 사례까지 들어 친절한 설명을 해주고 있다. 경우에 따라 도움이 될 수도 있을 것이다. 그러나 중요한 것은 잔재주나 기술이 아니라 부모의 철학이다. 자율과 책임을 가르치는 게 얼마나 중요한 일인가를 깨달아야 한다. 공부가 끝난 먼 훗날을 위해 하는 이야기만은 아니다. 눈앞에 닥친 공부도 자율적으로 할 수 있는 날까지 기다려야 한다. 뒤꽁무니에 처져서 어슬렁거리다가도 일단 해야겠다는 자각이 생기면 그때부터는 무섭게 하는 아이들도 많이 본다.

요는 아이의 자각이다. 자율적으로 해야 한다는 자각이다. 요즘 말하는 자기주도적 학습을 해야 한다. 꿈과 목표를 세우고 내적 동기에 따라 공부를 할 때 성취감과 기쁨을 맛볼 수 있다. 이는 단지 공부만으로 끝나지 않는다. 자기주도적 학습을 통해 자존감을 키우며 자기 삶을 주체적으로 끌고 갈 수 있는 방법을 배우는 것이다.

요즘 외국어고나 과학고 입시에서는 자기계발계획서가 합격을 결정한다. 자기주도 학습능력을 중요하게 평가하는 것이다. 이 뿐이 아니다. 입학사정관제를 실시하는 요즘 대학들은 성적만 보지 않는다. 자신의 꿈을 실현하기 위해 어떻게 달려왔는지 그 과정과 열정을 따진다. 자율성과 주체성이 없는데 어찌 열정이 샘솟겠는가.

강남의 유명 보습학원들이 문을 닫고 있는 것도 이런 이유에서다. 요즘 시험 문제는 특정 주제에 따라 스스로 생각하고 탐구하고 해결책을 제시해야 한다. 수동적이고 단편적인 주입식 학습법의 시대는 끝났다. 일방적으로 학원 선생들이 주입하는 교육은 자기주도 학습을 방해할 뿐이다.

하지만 문제는 그게 언제 생기느냐 하는 것이다. 그렇게 철이 들 때까지 어떻게, 언제까지 기다려야 하는가 항의할 수도 있다. 공부에는 때가 있는 법인데 철이 든 다음엔 이미 때가 늦다. '만학'이라지만 그게 어디 쉬운 일인가. 그러니 억지로라도 시켜야 한다. 다그쳐 될 일이면 그렇게 해야겠지. 하지만 싫은 걸 억지로 시키려다 보면 아이와의 사이만 나빠진다. 거짓말을 하게 되고 변명투성이 아이가 된다.

시간을 갖고 기다려야 한다. 속이야 타겠지만 기다릴 수 있어야 한다. 아이에게 자각이 생기기까지는 시간이 걸린다. 발전 속도도 물론 더디다. 그래도 그렇게 길러야 한다. 아주 어릴 적부터 그렇게 길러야 한다. 참고 기다리는 여유가 있어야 한다. 물론 이건 쉽지 않다. 조금만 거들어주면 당장 성적이 오르는데 왜 답답하게 기다려? 재촉하고, 때론 숙제도 거들어준다. 아예 대신해주는 친절한 엄마도 있다.

점수 한두 점이야 더 받겠지. 하지만 아이의 30년 후를 생각해보자는 거다. 의타심과 자율심 — 당신은 어느 쪽이 더 중요하다고 생각하는가?

아이 성적표가 엄마 성적표는 아니다

아이의 성적이 곧 엄마로서의 평가점으로 알고 있다. 성적 한두 점 올랐다고 온갖 선물을 사주는 등 호들갑을 떠는 것도 금물이지만 몇 점 떨어졌다고 세상이 무너진 듯한 과잉반응 역시 금물이다.

아이보다 엄마가 더 안달이다. 성적 한두 점에 엄마의 안색이 일희일비다. 성적표를 갖고 올 적마다 마치 엄마 자신이 심판대에 오른 것 같이 초조불안하다. 한두 점만 떨어져도 파랗게 질린다. 밥은 커녕 잠도 못 잔다. 밤중까지 이 방 저 방을 들락거린다. 한데 이게 웬일인가, 막상 당사자인 아이는 코를 골며 자고 있지 않은가? 화가 치민 엄마가 아이를 흔들어 깨운다.

"너는 그러고도 잠이 오니?"

놀란 아이가 반사적으로 책상에 붙어 앉는다. 책을 펴들었지만 눈이 열려야 한 자라도 보지.

　참으로 딱한 광경이다. 이건 억지다. 화도 날 것이다. 하지만 그
것도 사안에 따라 달라야 하는 게 순리다. 점수 한두 점에 그렇게
신경질적인 반응을 보인대서야 엄마의 권위가 어떻게 설 것인가.
그만한 일로 밤새 잠을 못자고 팔팔 뛰어서야 이건 교육도, 훈육도
아니다. 건설적인 자극을 주는 의미도 아니다. 그냥 속 좁은 여자의
히스테리 발작에 지나지 않는다.
　엄마의 이런 신경질적인 반응은 결국 아이에게 전달된다. 아무
리 느긋한 체질을 타고난 아이라도 결국 아이에게 전달된다. 잠 한
숨 마음 놓고 잘 수 없다. 자다가도 놀라 깬다. 자나 깨나 엄마의 짜
증스런 얼굴이 아른거린다. 생활 전반이 불안일색이다.
　죽으라고 공부에만 매달려야 하니 얼마간은 성적이 오를 수도
있다. 하지만 계속되는 이 불안, 긴장을 감당해낼 순 없다. 불안이
계속 방해하기 때문이다. 잡념만 떠오르지 공부는 안 된다. 열심히
해도 성적이 오르지 않으니 아이는 점점 초조해진다. 그럴수록 엄
마는 더 안달이 나고, 이런 악순환이 몇 해를 거듭하면 그 종말이
어떨 것인가는 굳이 전문가의 결론이 필요 없을 것이다.
　아이의 성적이 엄마의 성적은 아니다. 무관하지야 않지만 그렇
다고 전부는 아니다. 많은 엄마들은 이 점에서 오해를 하고 있다.
아이의 성적이 곧 엄마로서의 평가점으로 알고 있다. 물론 이렇게

되기까지는 사회심리적 영향도 크지만 개인의 문제 또한 간과해선 안 된다. 학력 지향적인 사회 분위기, 거기다 가정교육의 일체가 엄마에게 맡겨진 우리의 현실을 감안할 때 엄마의 책임감은 큰 부담이 되고 있다.

"집에 들어앉아 뭘 했어?"

아이에게 문제가 생기면 상투적으로 내뱉는 남편의 원성이다. 이 소리 듣기 싫어서라도 열심히 공부시켜야 한다. '엄마 닮아서 그렇다'는 소리를 안 듣는 것만으로도 다행으로 알아야 한다. 억울한 일이지만 그게 우리의 현실이다. 그러니 아이가 공부를 못하면 창피해서 밖에 나가질 못한다. 아이가 낙방한 후론 동창회에도 안 나간다. 행여 누가 아이 안부라도 물을까봐 겁이 나서다.

삶의 목표를 오로지 아이의 공부에 두고 있다. 모든 꿈과 희망을 거기에 걸고 있다. 인간의 자기실현에는 세 가지가 있다. 일, 섹스 그리고 아이다. 남편과의 사이가 멀고, 하는 일이 없는 엄마일수록 남은 건 오직 아이뿐이다. 달리 정력을 쏟을 데도 없으니 오직 아이를 위해 전력투구다. 이러한 과잉 투자가 비극의 씨앗이 된다.

속이야 상하겠지. 하지만 초연해야 한다. 엄마의 불안, 엄마의 신경질이 아이에게 전염되어선 안 된다. 그래도 흔들리지 않는 아이도 있지만 그러면 안 되는 아이도 있다. 달달 볶으면 공부를 더 잘하는 아이도 있지만 그럴수록 더 초조해서 공부가 안 되는 아이도 있다.

좀 크게, 멀리 보자. 아이는 저마다의 개성이 있다. 공부 잘해 나중에 출세하는 사람도 물론 있다. 줄곧 상위권을 달려 명문대를 졸업하고 일류기업, 출세가도를 달리는 사람이다. 거기다 건강하게. 하지만 그럴 수 있는 사람은 확률적으로 따져 1천분의 1도 안 된다는 통계다. 나머지 사람들은 공부는 적당히 하면서 다른 분야에서 두각을 나타낸다. 당신 아이가 어느 쪽인가를 잘 판단해야 한다.

'수능 → 명문대 → 일류기업' 이게 지금까지의 출세, 성공, 행복의 방정식이었다. 20세기 말까지는 이랬다. 하지만 이젠 달라졌다. 기업에서 원하는 인재상이 달라졌다. 따라서 대학에서 찾는 인재상도 물론 달라졌다. 이젠 성적보다 아이의 품성, 인간성, 장래성을 묻고 있는 시대가 된 것이다.

공부는 아이가 하는 것

아이는 기계가 아니다. 아이는 나름대로의 페이스가 있다. 어머니의 여유와 믿음이 있어야 아이는 자기 페이스에 따라 공부할 수 있다.

수험생 모자간에 있었던 이야기다.

"엄마, 제발 좀 주무세요."

아들이 엄마에게 통사정을 한다.

"엄마가 그러고 있으면 부담이 돼서 공부가 안 돼요."

애원을 하는데도 어머니는 차마 그럴 수 없는 모양이다. 또 차 한 잔을 끓여준다.

"엄마, 왜 이래? 제발 좀 그냥 둬. 아까 끓여 온 차가 아직 식지도 않았어!"

"이건 인삼차야. 마시고 힘내!"

"엄마, 제발 날 그냥 좀 내버려 둬!"

쫓겨 나온 어머니가 서러워 울었다고 한다. 정말 못 말리는 어머니다.

선이 어머니는 좀 다르다. 수험 공부가 막바지에 들어선 어느 가을날 선이가 발레를 보고 와도 좋으냐고 물어 왔다. 표도 자기 용돈으로 사겠다는 것이다.

"그래, 다녀오너라. 공부에 지친 머리도 식힐 겸 참 좋은 생각이다. 표는 엄마가 사주마."

어머니는 선선히 허락했다. 그리고 표까지 사주기로 자청했다.

'오늘 저녁 공부는 공치겠군.'

선이 어머니 마음속엔 이런 기분도 들었을 것이다. 입시가 얼마 남지 않은 이 중요한 고비에 발레라니? 어쩌면 이 아이는 이리도 사치스런 생각을 하고 있을까? 철없고 딱한 아이라는 생각까지 했을는지 모르겠다. 하지만 선선히 허락했다는 점이 훌륭하다. 더욱 존경스러운 것은 아무런 조건을 달지 않았다는 점이다.

"그 대신 다녀와선 공부 열심히 해야 돼!"

여느 어머니라면 습관적으로 한마디 했을 것이다. "안 돼! 얘가 정신이 있어?"하는 어머니보다야 낫겠지만 말이다. 선이는 그 날 밤 즐거운 마음으로 공연을 보고 왔다. 가족과 함께 발레에 대한 이야기를 나누고 제 방으로 들어가 밤늦게까지 열심히 공부했다. 다

녀온 보충이라도 하려는 듯. 효율도 올랐을 것이다. 어머니의 여유
와 믿음으로 아이는 자기 페이스에 따라 공부할 수 있게 된 것이다.

공부는 아이가 하는 거다. 그를 믿고 그의 페이스대로 하게 해야
한다. 하지만 요즘 수험생 가정은 집이 아니라 공장이다. 단란한 웃
음보다는 단조로운 기계 소리만 들린다. 아이는 공부하는 기계, 아
버지는 돈 버는 기계, 어머니는 밥하는 기계 — 그런 대로 잘 돌아
가기만 한다면 그나마 다행이지만 이게 때로는 마찰을 일으킨다.

기계의 성능엔 한계가 있는 법, 무리하게 돌리려니 탈이 안 날 수
없다. 특히 공부 기계에 대한 압력이 심하다. 수험생 공장이니까. 어
떻게든 열심히만 하면 성적이 올라가는 것으로 믿고 있다. 잠시의
틈도 안 준다. 밤낮으로 기계가 돌아가기만 하면 다 되는 줄 안다.

아이는 기계가 아니다. 아이는 나름대로의 페이스가 있다. 아침
에 공부가 잘되는 아이가 있고 한밤중에 잘되는 아이도 있다. 조용
한 데서 잘되는 아이가 있고 적당히 시끄러워야 되는 아이도 있다.
음악을 틀어 놓고, 심지어 TV 앞에서 해야 공부가 되는 아이도 있
다. 공부하는 버릇도 아이마다 다르다. 이걸 깡그리 무시하고 그저
기계처럼 열심히만 하면 되는 줄 아는 게 어머니다.

아이가 공부하는 동안은 잠을 자지 않는 어머니도 있다. 아이가
자신에게 맞는 스타일로 공부할 수 있도록 가만히 지켜보며 응원해
주는 것으로 어머니의 역할은 충분하다.

100점주의는 바보 짓

80점이면 됐다. 그만 하면 됐다고 생각해라. 아니, 고맙게 생각해야 한다. 나머지 시간에 아이는 자기를 키워갈 수 있기 때문이다. 어머니의 이런 여유와 배포가 아이를 진짜 수재로 만든다.

아이가 80점을 받아왔을 때 당신의 반응이 궁금하다.

"좀 찬찬히 생각하고 풀지 그랬어?"

이 정도면 괜찮다. 아주 아이의 장래까지 들먹이는 부모도 있다.

"80점? 그래서 어떻게 대학엘 가겠다는 거냐?"

자기 욕을 하는 경우도 있다. 아니면 부부 싸움이라도 할 태세다.

"도대체 넌 누굴 닮아 그 모양이니?"

냉소적인 어머니도 있다.

"과외비가 아깝다."

"너한테 기대를 한 게 잘못이지."

"그렇게 놀고도 되는 게 이상하지."

난 이런 부모에게 묻고 싶다. 당신은 학창 시절에 얼마나 잘했느냐고. 자기도 안 됐던 걸 아이에게 하라니? 이건 억지요, 폭력이다. 설령 부모가 학교 때 잘 했기로서니 아이도 그래야 된다는 법은 없다. 이 역시 억지다.

80점이면 됐다. 꽉 채우느라 매달리기보다 여유가 있는 게 좋다. 그래야 아이도 숨을 쉴 수 있다. 혼자 생각도 하고 놀기도 하고 딴걸 해보기도 하는 등 자기 시간을 가질 수 있어야 한다.

아이에겐 때론 멍청하게 보내는 시간도 필요하다. 공상도 하고 온갖 환상도 가져보는 등 이게 창조력 함양으로 이어진다. 공상을 잘하면 건강에도 좋다. 고혈압 치료법 중에 바이오 피드 백(Bio-Feed Back)을 이용한 치료법이 있다. 흐뭇한 공상을 하는 동안 생활에서 오는 스트레스에서 해방돼 자기도 모르게 긴장이 풀리면서 혈압이 떨어진다. 치료실에는 환자가 그런 공상을 잘할 수 있도록 조용한 영화 혹은 그림을 보여주기도 한다. 그리고 혈압이 떨어지는 걸 특수장치로써 환자 스스로가 눈으로 확인할 수 있도록 해놓았다.

이런 치료의 효과 판정은 증세의 경중과는 관계없이 공상을 잘하냐 못하냐에 달려 있다. 아무런 공상도 못하는 메마른 사람은 혈압에 큰 변동이 없다. 공상을 잘하는 사람은 그런 그림을 보지 않고도 언제든지 눈만 지그시 감으면 자기 마음대로 공상의 세계에 빠질 수 있다. 이런 사람일수록 치료 효과가 높은 것은 물론이지만, 처음부터 고혈압이 발병되지 않는 것도 사실이다.

텅 빈 고궁의 뜰을 거닐면서 영의정도 되고, 또 임금님인들 왜 못 되랴. 빈 절터에 서면 소나무 아래 합장한 노승이 보이고 풍경소리, 목탁소리도 들을 수 있는 상상쯤은 할 수 있어야 한다. 만원 지하철 속에서도 세계일주 여행을 할 수 있다. 파리든 런던이든 자기 마음대로 여행의 흥분에 들뜰 수 있기 때문이다.

긴장의 연속에서 잠시 이런 공상을 즐긴다는 건 생리적으로도 중요한 의미를 갖는다. 그 동안만은 스트레스는 물론 쌓인 긴장도 풀린다. 피로 물질의 분비도 적어지고 부신피질도 휴식을 취할 수 있다.

빈틈없이 짜인 하루 일과에선 아이가 자유로운 상상을 할 여유가 없다. 아이에게 숨통을 틀 여유를 주자. 그래야 개성도 살아날 게 아닌가. 모두들 똑같이 학교 공부에만 매달려 바둥거리다 보면 획일적인 틀의 희생양이 될 뿐이다.

학교가 끝난 후의 스케줄이 더 벅찬 아이도 많다. 영어, 수학학원에 피아노, 태권도, 무용……. 아이가 정신을 못 차린다. 이 모든 게 아이가 하고 싶어 하는 거냐? 아니다. 어머니의 욕심이다. 80점으로 만족 못하는 그 욕심이 어린 것을 달달 볶아 대는 것이다. 이렇게 무거운 짐을 지고 잘 갈 순 없다. 설령 간들 그게 어디 자기 길인가? 아이에게 생각할 기회를 주자. 싫은지, 좋은지조차 생각해볼 겨를도 없이 밀어 붙인다면 이 역시 폭력이다.

점수 한두 점에 토닥토닥 안달이 나는 100점 집착증을 생각해보라. 80점이면 됐다. 그만 하면 됐다고 생각해라. 아니, 고맙게 생각해야 한다. 나머지 시간에 아이는 자기를 키워갈 수 있기 때문이다. 만화를 보고 비디오 게임도 즐기며 공상의 나래를 펴고 하늘을 날수도 있을 것이다.

공부는 대충 그 정도면 된다. 이게 요즈음 어머니에겐 납득이 안갈지 모른다. 하지만 아이에게 이 정도의 여유를 줘야 하는 게 미래를 위한 투자다. 개성이나 자발성, 자율심만이 아니다. 융통성, 적응성도 이런 여유가 만들어 준다. 이렇게 자란 아이는 '이때다'하는 판단이 서면 무섭게 공부한다. 중학교나 고등학교 동창생들을 생각해보라. 학교 시험 성적은 별로인데 명문대에 거뜬히 합격한 숨은 수재들을 기억할 것이다. 누구도 그 아이가 합격하리라곤 생각 못했었다.

그런가 하면 우등생이 낙방한다. 저 아이가 떨어지다니, 믿기지 않을 것이다. 가끔 이런 아이의 부모가 답안지를 보자며 학교에 찾아온다. 채점이 잘못됐다는 것이다. 천만의 말씀, 채점이 잘못된 게 아니다. 교육이 잘못된 것이다. 100점! 하도 달달 볶아대는 통에 융통성이 미처 자라지 못했기 때문이다.

80점이면 됐다. 완벽하게 하려니까 능률이 떨어진다. 수학 문제 하나를 풀려고 몇 시간, 아니 며칠을 매달려야 한다. 100점을 받으려면 그래야 한다. 그런 완벽함, 투철함을 칭찬할 수도 있을 것이다. 하지만 능률면에서는 빵점이다. 나 같으면 그 시간에 다른 공부를 하겠다. 난 모르는 게 있으면 건너뛴다. 아는 것도 공부할 시간이 모자라는데 한 가지 문제에 그렇게 오래 매달릴 순 없는 일이다. 100점주의는 바보짓이다. 신경이 피곤해서도 오래 못 견딘다. 로봇이 아닌 이상 사람이 그렇게 완벽할 순 없다.

80점이면 됐다. 70점도 오케이다. 어머니의 이런 여유와 배포가 아이를 진짜 수재로 만든다. 그래야 아이에게 무슨 일에든 겁 없이 도전해볼 용기가 생긴다.

초등학교 성적이 끝까지 가진 않는다

그저 선생님 시키는 대로만 열심히 한다. 그러노라면 일등도 한다. 하지만 중, 고등학교로 올라갈수록 한계가 온다. 초등학교 성적에 지나친 실망은 물론, 과잉 기대도 금물이다.

중학교까진 상위권이었던 아이가 고등학교에 진학한 뒤 학년이 올라갈수록 성적이 떨어지는 경우가 많다. 아이도 초조하겠지만 부모로서는 낙담이 크다. 타고난 지능이 나이가 든다고 해서 떨어지는 법은 없다. 공부를 게을리 하는 것도 아니다. 한다고 하는데 성적은 계속 하강곡선이다. 왜 그럴까?

우선 초등학교의 수업 내용이란 게 크게 머리가 필요한 게 아니다. 꼼꼼하게 챙기고, 선생님 말씀 잘 듣고 시키는 대로 숙제 잘 해가면 성적은 올라가게 돼 있다. 그것만으로도 점수를 딸 수 있게 된다. 거기다 어머니의 열성까지 가세하면 ― 굳이 치맛바람이란 표현을 안 써도 ― 웬만한 머리라면 일등도 할 수 있다.

사고력이나 추리력을 동원해야 할 그런 것도 아니다. 간단한 걸 또박또박 잘 외우고 대답 잘하고 큰소리로 책 잘 읽고……. 그러면 성적은 오른다. 이런 공부라면 머리가 아주 우수한 아이보다 오히려 그만그만한 아이가 더 잘할 수 있다.

머리 좋은 아이들은 의문이 많다. 이 아이들은 시키는 대로 그냥 달달 외우질 않는다. '왜 그럴까'하고 의문을 품는다. 혼자 '엉뚱한 생각'을 한다. 쓸데없는 질문도 많다. 그렇다고 의문을 논리 정연하게 반박할 실력은 물론 아직 없다. 이런 아이는 자칫 선생한테 미움을 살 수도 있다. 시원찮은 선생이라면 더욱 그럴 가능성이 높다.

천재 물리학자 아인슈타인도 어린 시절에는 학습 지진아란 판정을 받았다. 어릴 때부터 유난히 호기심이 많고 질문이 많았던 아인슈타인은 사람들에게 종종 놀림감이 되었다. 하지만 그의 어머니 파울리네는 어린 아인슈타인이 엉뚱한 짓을 벌이거나 크고 작은 실수를 저지를 때마다 이렇게 말했다.

"어떻게 이렇게 놀라운 일을 생각해냈니? 다음번엔 무슨 일을 할지 기대되는걸?"

비록 16살까지는 특수한 재능을 보이지 못했지만 어머니로부터 늘 격려를 받았던 아인슈타인은 독일을 떠나 스위스의 고등학교에 입학하면서부터 상황이 달라졌다. 독일에서와 달리 모든 선생님들이 기대에 찬 눈으로 아인슈타인을 바라보기 시작했으며, 물리, 화학, 철학 등에서 뛰어난 실력을 보였다.

머리가 좋고 창의적이며 개성적인 아이들은 초등학교의 틀에 짜인 수업에 쉬 싫증이 나기 마련이다. 융통성이 많고 사교적인 아이들도 선생 시키는 대로 잘 따르지 않는다. 수업 태도도 산만하다. 숙제도 대충 얼버무려 해버리곤 노는 데 미쳐 있다. 컴퓨터에 빠지는 아이도 있고 다른 책을 읽느라 정신이 없는 아이도 있다.

이런 아이들의 성적이 좋을 리 없다. 수업도 대충 듣는다. 그래도 알 건 안다. 머리가 좋은 아이들이라면 몇 마디만 들어도 대충 안다. 물론 시험공부도 대충이다. 그래도 성적은 중상위권을 유지한다. 하지만 이들 잠재성 수재들은 일단 때가 되면 무섭게 한다. 입시가 가까우면 무서운 집중력을 발휘해서 거뜬히 명문대에 합격한다. 이게 진짜 수재다. 이런 아이들이 성장 후 사회에 나가면 단연 두각을 나타낸다.

얌전하고 수동적이며 머리도 그만 그만한 아이라면 의문이란 게 있을 수가 없다. 그저 선생님 시키는 대로만 열심히 한다. 그러노라면 일등도 한다. 하지만 중, 고등학교로 올라갈수록 한계가 온다. 우선 융통성이나 응용력이 없다. 추리력이나 사고력이 부족해서 논술 등 광범한 지식을 요하는 응용문제 분야에선 머리가 돌아가지 않는다. 정서적 문제가 있거나 나쁜 친구를 사귀는 등 적응상의 문제가 없는데도 학년이 올라갈수록 성적이 떨어진다. 잔뜩 기대에 부풀었던 부모나 선생님도 실망이 크다. 하지만 큰 기대를 한 것부터가 아이 능력을 잘못 평가한 데서 비롯된 것이다.

아이들이 학교 가기 전까지는 공부를 잘할지, 못할지 모른다. 그래서 학교에서 보내 온 첫 성적표가 부모 입장에선 초조하고 궁금하다. 어쩌면 여기다 아이의 장래를, 혹은 운명을 걸고 있는지도 모른다.

"잘해야 될 텐데……."

어느 부모가 그런 기대를 안 하랴. 이윽고 첫 성적표. '우수' 평가에 부모는 쾌재를 부른다. 아이를 칭찬한다. 이웃도 그리고 선생도 모두 아이를 칭찬한다. 기대도 크다. 아이도 물론 기분이 좋다. '아, 나는 공부를 잘할 수 있는 아이구나'하는 자기상이 형성된다. 그럴수록 더욱 열심히 하고 성적은 더 오르는 선순환이 형성된다. 여기까진 참 좋다. 모든 아이에게 이런 긍정적인 자기 평가가 형성되었으면 좋겠다.

하지만 우리가 여기서 경계해야 할 것은 이것으로만 아이 능력을 과대평가 하지는 말자는 거다. 다시 한 번 말하지만 초등학교 1학년 교과 내용이란 게 기실 아이의 지능과는 큰 상관이 없다는 사실이다. 칭찬하고 기대하는 것까진 좋다. 하지만 과잉 기대는 말자는 거다. 이게 오히려 아이의 성장에 부담을 줘서 능력도 발휘 못하고 좌초하게 하는 수도 있다.

'지금까지 잘했는데 왜 성적이 떨어지지?' 상급 학년으로 올라갈수록 이런 의문이 증폭된다. 아이는 더욱 열심히 한다. 하지만 결과는 마찬가지. 뒤처져 있던 친구들이 앞서 가기 시작한다. 아이는 초조해진다. 지금까지의 우등생이라는 자화상에 큰 손상이 온다. 자존심도 상한다. 부모를 실망시킨 것도 미안하다. 결국 그는 '자퇴'라는 폭탄선언으로 학교와의 인연을 끊는다.

극단적인 이야기가 아니다. 정신과 외래에서 가끔 경험하는 일이다. 저자가 학회에 발표했던 학교 좌절 증후군이 그 좋은 예이다. 등교를 거부한 채 집에서 여러 가지 문제를 일으킨다. 어머니를 때리는 아이, 어머니에게 성적 접근을 하는 아이, 아주 어린애처럼 구는 아이도 있다.

이 때 적극적인 치료를 안 하면 아주 이대로 고착되는 수도 있다. 반대 경우도 많다. 에디슨을 위시해서 세계적인 명사들의 일화를 듣노라면 초등학교 때 낙제를 했다는 고백이 많은 데 놀라게 된다. 초등학교 성적에 지나친 실망은 물론, 과잉 기대도 금물이다.

아이들은 스스로 성장한다 • • • •

　현수의 등교 거부 선언은 충격이었습니다. 부모는 물론이고 학교 선생도 깜짝 놀랐습니다. 더욱 놀랄 일은 현수 자신도 그 이유를 알 수 없다는 데 있었습니다. 그냥 가기 싫어졌다는 것이었습니다.

　불량배에게 협박을 당한 것도 아니고 교우 관계에 문제가 생긴 것도 아니고, 공부는 언제나 정상권이었습니다. 가정 분위기도 단란하고 공부에 대한 압력을 가한 적도 없으며 모든 걸 아이들 자율에 맡기는 참으로 느슨한 분위기였습니다. 녀석도 친구와 어울려 놀기를 좋아하고 즐거운 학교생활을 보내고 있었습니다. 슬슬 노는 듯이 공부해도 성적은 상위권이었으며, 어디 하나 흠잡을 데 없는 아이였습니다. 그런 아이가 왜 등교 거부를 한 것일까요?

　'마의 중(中) 2'라더니. 역시 여기가 고비인가? 부모는 당황하지 않을 수 없었습니다. 하루, 이틀 그리고 한 달, 두 달 녀석은 학교 갈 생각을 안했습니다. 먹고 자고, 그냥 집에서 빈둥거렸죠. 걱정도 되고 초조하긴 했지만 부모로선 속수무책이었습니다. 겨우 설득해서 내 진료실을 찾은 것은 휴학한 지 2개월이 지날 무렵이었습니다. 정신과적으로도 멀쩡한 아이였습니다.

　"그래, 그게 네 선택이라면 나름대로의 이유가 있을 것이다. 그것을 자각하고 해결해나가는 힘이 생길 때까지 기다려 보자."

　이게 내가 현수와 부모에게 한 충고였습니다. 모두 인내심을 갖고 기다려 보자고 간곡히 부탁해 돌려보냈습니다. 그 후 어머니가 가끔 현수의 근황을 보고하러 오곤 했습니다. 현수 상태는 아직 그대로 빈둥거리는 것이 생활의 전부였습니다. 그동안 미국 삼촌 댁에 어머니와 함께 다녀온 것 이외 별다른 생활의 변화는 없었습니다.

그러던 어느 날 아침 깜짝 놀랄 일이 생겼습니다. 딱 반년을 쉬더니 녀석이 복학한다면서 옷을 챙겨 입고 등교를 시작한 것입니다. 반가운 일이었지만 어쩐지 마음이 개운치 않았습니다. 복학을 결심한 동기를 말하지 않았기 때문입니다.

"이젠 됐다 싶은 기분이 듭니다."

그게 다였습니다. 그리곤 아무 일 없었던 것처럼 학교에 다니기 시작했습니다. 도대체 무슨 꿍꿍이인지 알 수가 없었죠. 곧 또 무슨 일이라도 벌어질 것 같은 느낌이었습니다. 하지만 부모의 걱정과는 달리 현수는 옛날의 모습으로 돌아와 있었습니다. 현수가 등교를 시작한 지 거의 보름이 지난 어느 날 저녁 식탁에서였습니다.

"학교 안 가길 참 잘한 것 같아요."

현수의 느닷없는 이 말에 가족들은 또 한 번 놀랐습니다.

'이 아이가 또 뭘 어쩌려고 이러지?'

부모는 잔뜩 긴장했습니다.

"뭔진 몰라도 잘한 것 같아요. 뭐랄까요? 자란 것 같아요. 대나무 한 마디가 쑥 자라듯이 내 속에 그런 것이 느껴져요. 이젠 됐어요."

그리곤 큰 기지개를 길게 켜는 것이었습니다. 이 보고를 하면서 어머니는 아직도 수수께끼가 안 풀린 표정이었습니다.

"그 녀석이 무슨 도나 깨친 것 같은 표정이더라니깐요."

하긴 나도 녀석의 내면세계에 무슨 일이 일어나고 있는지는 알 수 없습니다.

그러나 그 기분을 이해할 수 있을 것 같았습니다. 청소년을 흔히들 실존 철학자라 일컫습니다. 감수성이 예민한 이 시기가 되면 아이들은 자아, 인생, 사랑, 죽음, 우주의 질서에까지 무한한 회의를 품게 되고, 온갖 회의가 실뭉치처럼 얽히고 혼란스럽습니다.

이럴 때 아이들은 생각을 정리하고 다듬기 위해 잠시 현실 세계로부터 자신을 유리시키는데, 대개의 아이들은 이런 시기를 외견상 큰 흔들림 없이 잘 넘깁니다. 하지만 생각이 깊은 아이들에겐 쉽지 않습니다. 회의의 골이 더 깊기 때문입니다. '한 마디 자란 것 같다'는 현수의 독백에 공감이 가는 것도 그래서입니다.

이 어려운 과제를 성공리에 마친 현수에게 축하를, 그리고 그 과정을 마칠 때까지 인내로 지켜봐 주신 부모에게 존경을 보냅니다.

아이들에게 잠시도 숨 돌릴 여유를 주지 않는 학교의 경쟁 체제 안에서 현수의 휴교는 매우 의미가 크다고 할 수 있습니다. 아이들은 자기 의사와 관계없이 기계처럼 움직여야 합니다. 1학년을 마치면 2학년, 초등학교를 마치면 중학교, 고등학교, 대학까지 한 발이라도 늦으면 안 되죠. 고맙게도 대부분의 아이들은 그게 마치 당연한 것처럼 잘 따라줍니다.

하지만 생각이 깊은 수재형 아이들에겐 의문이 들 수 있습니다. "그래, 시키는 대로 명문대를 마치고 회사에 들어가고……. 그래서 내 인생이 어떻게 된다는 거지?" 아이들의 이런 의문에 대화 상대가 되어 줄 부모는 그리 많지 않습니다. 부모 자신에게 철학이 없기 때문입니다. 그냥 그래야 되는 줄로만 알고 있지 왜 그래야 하는지에 대한 철학이 없습니다.

현수는 한두 해 늦어지는 한이 있더라도 도대체 왜 이 무모한 경쟁을 해야 하는 것인지, 스스로 생각해볼 시간이 필요했던 것입니다. 학교라는 틀에 얽매이지 않고 성적이라는 압박감에서 벗어나 자유인이 되어야 합니다. 그리곤 자기 탐구가 시작됩니다. 방황을 할 수도 있습니다. 어느 날 문득 사방을 둘러보니 황량한 들판에 혼자 선 듯한 느낌도 듭니다. 많은 생각을 했을 것입니다.

아직 어린 현수가 무슨 해답을 얻진 못했을 것입니다. 하긴 그건 어느 선현도 못한 일입니다. 하지만 그에게 이런 시간들은 참으로 소중한 의미가 있었을 것입니다.

굿바이!
학력시대는
갔다

사회에서는 IQ보다 EQ가 중요하다.

인간관계, 남을 이해하고 포용하고, 남에게 호감을 주는 사람, 인기 있는 사람, 포근하고 넉넉하고 믿음직스런 사람, 사회생활을 하는 데는 IQ와는 큰 관계가 없는 인간적 능력이 절대적이다.

대학 간판보다 실력이다.

앞으로의 시대는 재능의 시대다. 컴퓨터 스크린에서는 간판이 필요치 않다. 자기 개성대로, 자기 독창적 세계를 펼칠 수 있도록 실력을 키워야 한다.

들러리 인생을 만들지 마라.

성적이 떨어지는 아이들이라고 들러리는 아니다. 속 좁은 부모가, 편견에 찬 사회가 이들을 들러리로 만들고 있을 뿐이다. 이들에게 자기 갈 길과 설 자리를 가르치고, 인도 해야 한다.

인재의 기준이 바뀌고 있다

사회가 원하는 인재가 바뀌고 있다. 우리가 신주처럼 떠받들어 오던 지능적 요소는 그리 중요하지 않고 대신 정서적 능력이 사회적 성공에는 훨씬 중요하다.

- 교내외 친구 관계에 대해 기술하고, 스스로 행한 봉사활동 중 특별히 의미 있는 활동이 있다면 기술하시오.
- 배려, 나눔, 협력, 타인 존중, 갈등관리, 규칙 준수를 실천한 사례를 들고 그 과정을 통해 배우고 느낀 점을 기술하시오.
- 자신이 겪었던 어려움과 그것을 극복하기 위한 노력을 기술하시오.

특목고나 유명 대학들은 자기소개서에 이러한 항목을 작성하게 해 인성평가를 실시하고 있다. 우리 사회가 원하는 인재의 기준이 바뀌고 있음을 알 수 있는 대목이다. 나 홀로 똑똑한 아이보다 사회성과 리더십, 배려심, 유머감각이 있는 아이가 인기를 끌고 있다. 창의력이나 통합능력, 유연성, 감성과 예술성도 중요해졌다. 이제 공부만 잘하는 인재는 어디서도 환영받지 못한다.

요즘 교육계의 화두는 창의, 인성, 자기주도적 학습, 융합교육, 입학사정관제 같은 것이다. 이에 따라 학교의 수업방식과 평가방식도 바뀌고 있다. 수학과 사회를 결합한 통합 문제를 출제하는가 하면, 서술형 평가 및 수행평가가 강화되었다. 학생의 종합적인 능력을 평가하는 것이다. 교실 수업도 일방적으로 교사만 바라보는 수업이 아니라 창의적 체험활동으로 바뀌고 있다.

똑똑한 엄마들은 아이들을 학원에 보내지 않는다. 일부러 아이들과 시골로 내려가는 부모들도 있다. 자연 속에서 마음껏 뛰어놀게 하기 위해서다. 그렇다고 마냥 놀게만 하는 것은 아니다. 많은 책을 읽게 해 사고력과 상상력을 키워준다.

다행히 이런 아이들이 좋은 대학에 갈 확률이 높아졌다. 대학에서 학생을 뽑는 기준이 달라졌기 때문이다. 내신과 수능보다 입학사정관제로 학생을 뽑는다. 입학사정관제는 과정을 중시하는 입시전형이다. 성적뿐 아니라 자기소개서, 추천서, 학업계획서, 봉사활동, 진로 활동, 재량 활동, 방과 후 활동, 수상 경력 등으로 인성평가, 다면평가를 실시해 수능만 잘 보는 공부 기계보다 인성과 창의성, 사회성이 좋은 아이들을 선호한다.

대학입시뿐 아니라 기업도 최고를 뽑지 않는다. 학력이나 학업성적보다 면접 비중을 높이고 있는 게 요즈음 추세다. '당신의 인생에서 가장 큰 시련은 무엇이었는가?' 같은 질문으로 개인의 인성, 역량 등을 평가한다. ·

학교 성적 몇 점보다 인간적 매력을 더 중시한다. 기업에서 필요한 인재는 점수가 아니라 인간이기 때문이다. 그래서 최근 면접은 기상천외한 다양한 수단을 동원한다. 온갖 상황을 설정하고 그가 어떻게 대처할 것인가를 평가한다. 그의 낙천성, 긍정성 그리고 감정을 통제하는 능력까지 평가한다. 즉, 정서 지능을 중시하는 것이다. 이제 우리 기업도 종전의 인사 제도로썬, 명문대 A학점 인재만으로는 더 이상 발전할 수 없다는 걸 깨달은 것이다.

조직에서는 성적보다 인간관계, 남을 이해하고 포용하고, 남에게 호감을 주는 사람, 인기 있는 사람, 포근하고 넉넉하고 믿음직스런 사람이 필요하다. 사장 자리까지 승진하는 데는 이런 인간적 능력이 절대적이다.

앞으로 작업환경에도 많은 변화가 올 것이다. 단순한 반복 작업은 줄어들고 대신 자유 근무, 자기 페이스식 작업방식이 많아진다. 따라서 다양한 직무를 수행해야 하며 다양한 제품, 빠르게 변화되는 조직에 익숙해져야 한다. 그러기 위해선 전체를 조망할 수 있는 능력, 변화되는 환경에 신속히 적응할 수 있는 능력, 그리고 책임 있는 일 처리 능력 등이 첫째로 요구된다. IQ보다 EQ(감성지수), SQ(사회성지수), MQ(도덕지수) 시대가 오고 있는 것이다.

이렇게 사회 전반적으로 패러다임이 바뀌고 있다. 이젠 창의력과 인성의 시대다. 독창적인 발상, 때론 엉뚱한 아이디어맨이 기업을 선도해나가는 시대다.

게다가 윤리경영, 환경경영, 사회적 책임 등 기업도 도덕성을 중시하는 시대가 됐다. 직원이 행복해야 기업도 발전한다. 그래서 직원들의 복지증진에 힘을 쓴다. 목표 지향에서 과정 중시로, 성장의 시대에서 성숙의 시대로 넘어가면서 이러한 변화는 필수불가결한 것이다. 이제 정직하고 질서를 잘 지키며 유머감각과 희생정신이 투철한 사람들이 성공하는 시대다. 나의 성공 속에 다른 사람의 눈물이 들어있어선 안 된다. 내 성공 보따리 속에 남의 행복도 들어있어야 한다.

하지만 나중에야 어찌 되든 일단 학교 공부를 잘해야 하고 성적이 좋아야 한다는 엄마들이 아직도 많다. 그리고 명문대에 합격해야 한다. 만약 당신이 이러한 엄마라면 당신은 시대변화에 한참이나 뒤떨어진 엄마라 할 수 있다.

CEO들의 인문학 열풍

사회 곳곳에 인문학 열풍이 불고 있다. 기업에서도 비인간적인 효율 중심의 경영보다 인간 중심의 경영을 추구한다. 이제 한국 사회는 폭넓은 인간적 인재를 요구하고 있다.

요즈음 기업의 CEO들이나 대기업 간부 사이에 인문학 공부가 대인기다. 아침 조찬 미팅에서 대학원 과정까지 가히 광적인 열풍이다. 참으로 반가운 현상이다. 그리고 이제 그런 시대가 되었다는 게 사실이다.

지난 반세기 산업사회 건설을 위해 우리는 참으로 격정적인 생활을 해왔다. 그 시대의 리더는 '돌격 앞으로! 나를 따르라!'였다. 그리고 그 공격적인 패기가 한강의 기적을 일구게 한 원동력이 되었다.

경영이라는 말조차 생소했으니 CEO는 모두 경영공부에 열중할 수밖에 없었다. 각 대학의 대학원 과정은 거의가 경영학 공부 일색이었다. 덕분에 그 짧은 시일에 우리는 세계가 놀랄 기적을 일구어냈다. CEO의 경영학 공부가 발전의 밑천이 되었다.

하지만 어느 사회나 다 그러하듯이 탈산업사회에 들어오면 리더의 스타일이 달라진다. 부드러운 소통의 리더십으로 바뀌었다. CEO들은 인문학에 갈증을 느끼고 있다. 이젠 경영보다 인간학 연구가 먼저다. 비인간적인 효율 중시의 경영보다 인간 중심의 경영, 인문학 공부가 절실한 시대가 우리 한국에도 온 것이다. 이 아니 반가운가.

기업이 바뀌니까 당연히 기업에서 찾는 인재상이 바뀐다. 선진 일류기업은 이미 10년, 20년 전부터 서서히 바뀌어 가고 있었다. 하지만 대학은 여전히 옛날 그대로다. 기업에서 찾는 인재는 그게 아닌데.

기업 인사과에선 '구인난'이라고 아우성이다. 쓸 만한 사람이 없다는 것이다. 대학에선 '취업난'이라 아우성이고 정부에서도 일자리 창출이 지상의 과제가 되었다. CEO들이 왜 인문학을 공부하는지 알아야 한다.

엇박자다. 선진 기업이 찾고 있는 인재를 대학에서 길러내지 못하고 있다는 증거다. 다행히 최근 몇 년 사이 대학에도 변화의 조짐이 보이고 있다. 입학사정에도 당연히 그런 조짐이 역력하다. 바야흐로 한국사회는 폭넓은 인간적 인재를 요구하는 시대가 된 것이다. 반가운 일이다.

하지만 딱하게도 한국의 열성 엄마들은 아직 이를 모르는 것 같다. 그래서 자녀를 가르치는 방식도 변하지 않고 있다. 참으로 안타까운 일이다.

대학간판은 보험이 아니다

이젠 학력과는 상관없는 시대다. 무슨 대학을 나왔느냐가 아니라, 무엇을 얼마나 아느냐가 중요하다. 수능 몇 점이라는 단순한 잣대로 사람을 평가할 만큼 단순한 사회도 아니다. 사회는 간판이 아니라 실력이다.

해마다 3월이면 우리 젊은이들은 자랑스럽게 대학에 입학한 젊은이와 그렇지 못한 젊은이로 명암이 갈린다. 수능점수 몇 점이 만들어 놓은 희비 쌍곡선이다. 수능 콤플렉스가 때로는 잠재의식 속에 평생을 그림자처럼 따라다닌다.

하지만 천만에다. 예전에는 대학만 들어가면 중류생활은 보장될수 있었다. 그것도 평생을 대학간판만으로 행세할 수도 있었다. 그러나 이젠 세상이 달라졌다. 세계시장에서 싸워야 하는 경쟁체제 속에 한국의 대학간판은 가히 무용지물이나 마찬가지다.

우리 대학은 세계 1백 위권에도 들지 못하는 삼류다. 거길 나왔다고 재고 다니는 게 우습다. 우물 안 개구리다. 이젠 학력과는 상관없는 시대다. 무슨 대학을 나왔느냐가 아니라, 무엇을 얼마나 아느냐가 중요한 시대다. 수능점수 몇 점이라는 단순한 잣대로 사람을 평가할 만큼 단순한 사회도 아니다. 사회는 간판이 아니라 실력으로 평가한다.

이걸 모르지 않을 텐데 우리사회엔 아직도 일단 붙고 보자는 젊은이가 많다. 하지만 용케 훈장을 단 학생들도 갈등이 많다. 학교가, 학과가 마음에 안 들어서다. 3분의 2 이상의 학생들이 할 수 없이 다니긴 하지만 마음을 붙이지 못한다. 재수? 편입? 입대? 자퇴? 갈피를 못 잡고 방황한다. 꾹 참고 졸업해도 후회는 남는다. 이제 와서 진로를 바꿀 수도 없고……. 어쩌면 이런 갈등은 평생을 간다.

거기에 비하면 차라리 낙방생이 훨씬 행복하다. 실패를 거울 삼아 다음엔 소신껏 자기 적성을 살려 진로를 정할 수 있기 때문이다. 고민도 하고 실망, 좌절도 해봤을 것이다. 젊은 날엔 그것도 인생에 좋은 양식이 된다.

리처드는 하와이 와이키키 해변의 유명한 호텔 식당에서 일했다. 그는 오랜 세월 웨이터로 일하면서 언젠가는 제 손으로 식당을 운영해보고픈 꿈을 키워왔다. 천신만고 끝에 꿈이 이루어졌다. 하와이에서도 이름난 프랑스 식당을 인수할 수 있었다. 그는 흥분했다. 하지만 막상 식당 사장이 되고 보니 생각만큼 쉽지 않았다. 새벽시장 보는 일에서부터 종업원 총감독, 세금, 장부관리 등 도저히 자기 능력으로는 역부족이라는 사실을 깨달았다.

그는 팔기로 결심했다. 요리사에게 식당을 넘기고 자기는 다시 웨이터로 그 식당에서 일했다. 자기에겐 역시 웨이터가 천직이었다. 그게 자기 능력에 맞고 적성에 맞는 일이었다. 그 정도 책임밖에 질 수 없다는 사실을 확인한 것이다. 그는 다시 옛날의 밝고 명랑한 웨이터로 돌아왔다.

하와이에 갈 일이 있거든 리처드의 일하는 모습을 지켜보라. 세계에서 몰려드는 까다로운 관광객들을 상대하는 그의 솜씨는 가히 일품이다. 그가 하와이 제일의 웨이터로 선정된 게 결코 우연이 아니다. 그의 천재성은 역시 웨이터에 있었던 것이다.

우리 한국은 지금 세계적으로 유례없는 학력 사회가 되어 버렸다. 학력, 성적이 곧 인생의 모든 걸 좌우하는 듯 하지만 실제로 그렇지 않다. 공부 잘한다고 돈 잘 버는 것도 아니다.

요즈음 건설현장에 가보라. 대학 출신의 감독보다 그 밑에서 일하는 기능공 월급이 더 많다. 감독은 책임도 더 무겁고 골치 아픈 일도 더 많고, 그러면서 보수는 턱없이 낮다. 밤늦게까지 남아 뒤치다꺼리하는 사람도 감독이요, 비오는 날 혼자 나와 이곳저곳 비닐을 덮느라 끙끙거리는 사람도 감독이다. 그렇게 애쓴 보람도 없이 공사지연이라는 이유로 인사조치가 된다.

출세도, 행복도 성적순이 아니라는 사실을 실감하게 될 것이다. 성적이라는 한 가지 자로 인간을 잰다는 게 얼마나 허망하고 바보스러운 짓인가.

우리 대학은 우물 안 개구리

대학의 폐쇄적 구조가 깨지지 않는 한 우리에게 미래는 없다. 이젠 대학도 전문화하지 않으면 안 된다. 대학을 보내야겠다면 진짜 지식으로 무장된 곳을 찾아라.

우리 대학을 한마디로 평한다면 '우물 안 개구리를 키우는 곳'이다. 불행히 명문 대학일수록 더하다. 학생들은 같은 대학에서 석사, 박사 과정까지 다 마친다. 그것도 같은 교수 밑에서.

선진국에선 상상도 할 수 없는 일이다. 아무리 교수진이 훌륭해도 그래서야 우물 안 개구리밖에 달리 될 수가 없다.

필자가 예일 대학 정신과에 있을 때 일이다. 28명의 동료 중 유일하게 한 사람만이 그 대학에서 의과 대학, 인턴, 레지던트를 거쳐 박사후 과정을 밟고 있었다. 그는 예일을 떠나 본 적이 없었다. 해서 동창회에서 특별상을 준다는 말까지 있었다. 미국 대학 사회에서는 보기 드문 일이기 때문이다.

정신과 수련의 중에도 거의 3분의 1은 다른 대학병원에서 온 사람들이었고, 우리 동료나 나 역시 몇 차례 타 대학에서 공부했다. 그리고 교수진 역시 같은 대학 출신은 찾아보기 힘들다.

따라서 학생들은 항상 새로운 것에 노출되고 또 새로운 것과 접촉할 기회가 많아질 수밖에 없다. 학문적 배경이 다른 이질적인 스태프들이라 증례 하나에도 불꽃 튀는 논쟁이 벌어진다. 덕분에 참으로 고맙게도 한 자리에 앉아 여러 가지 다른 학설들을 들을 수 있어 좋았다.

한국의 어느 대학에서 이런 광경을 볼 수 있을까? 주임 교수 한 마디에 모든 논의는 끝이다. 아니 애초에 다른 의견이 나올 리 없다.

똑같이 한솥밥 먹고 자랐는데 다른 의견이 나올 수 없다. 소위 명문 대학일수록 배타적이다. 자기 대학 출신 아니면 아예 교수로 채용하질 않는다. 어쩌다 양념으로 한둘 섞여 있긴 하지만 대체로 분위기는 한통속이다. 외부 인사가 들어오면 당장 화합이 깨진다. 그뿐인가. 우리가 제일인데, 우리 말고 또 누가 감히 여기서 교수가 될 수 있겠어…….

이건 가히 자만에 가까운 과대망상이다. 마치 사이비 종교 집단 같다. 이들은 외부 세력의 침입에 대해 대단히 경계적이다. 내부 약점이 노출되지 않을까, 편집증적 피해 의식에 젖어 있다. 대학의 폐쇄적 구조가 깨지지 않는 한 우리에게 미래는 없다. 난 이 점을 단언할 수 있다.

세계화? 대학 교수에게 그럴 생각이 있는지 한 번 물어 보라. 학사랍시고 졸업 후 현장에 나온 걸 보면 참으로 한심하다. 책에서 배운 이론만 들고 나왔으니 무엇 하나 제대로 하는 게 없다. 교수 자신부터 현장 감각이 없다. 일해본 경험이 없기 때문이다. 좋게 말해서 연구소에만 평생 파묻혀 있었으니 현장에 관한 한 추측일 뿐 아는 게 없다.

기름 옷 한 번 걸쳐보지 않고 공대교수란다. 구멍가게 한 번 운영해보지 않고 경영을 가르친다. 그 밑에서 배운 학생이 무얼 할 수 있겠어. 이름으로 버티는 교수도 있고, 학과에 따라선 동맥경화증에 걸린 곳도 있다. 10년 전 공부를 똑같이 가르치고 있는 것이다.

이젠 열어야 한다. 사회복지, 임상심리 전공이면 병원에서 공부해야 한다. 다른 분야는 잘 모르지만 정신과에 연관된 분야만 봐도 한심한 생각을 금할 수 없다. 신라문화를 전공하는 학생이라면 한 학기쯤 경주로 보내야 한다.

이젠 바뀌어야 한다. 대학이 과연 미래사회를 위한 인재를 키우고 있는가? 세계를 향해 열려 있는가? 그리고 전국 부모들에게 묻고 싶다. 그래도 꼭 대학에 보내야 하느냐고······.

'그래도'라고 하겠지. 그렇다면 내가 권하는 대학이 있다. 형편이 되면 외국으로 보내라. ― 도피용 유학이 아닌 ― 국내 대학이라면 소위 명문대보다 그만그만한 대학을 노려라.

잘 살피면 신흥 명문이 적지 않다. 진짜 최신 지식으로 무장된, 젊고 미래 지향적인 교수는 여기에 모여 있다. 철옹성 같은 명문 대학에 갈 수 없기 때문에 여기 모인 것이다. 정력적으로 가르친다. 열등의식을 극복하기 위해서도 열심히 한다. 학생 하나하나에 신경을 쓴다. 명문대처럼 권위나 내세워 떵떵거릴 수 있는 입장이 아니기 때문이다. 신흥 대학에서 제 손으로 실력을 쌓아 인정을 받아야 하기 때문이다.

이젠 대학도 전문화하지 않으면 안 된다. 학생들에게 매력적인 대학으로 탈바꿈하지 않으면 안 된다. 벌써 대학 당국은 이런 조짐을 읽고 있다. 최근 신문광고는 물론 TV에까지 대학 이미지 광고가 방영되고 있다. 이젠 학생이 대학을 고를 때가 되었다. 정확히 2002년을 기준으로 역전되었다. 대학 간판만 달면 학생들이 구름처럼 모여들던 호시절은 이제 끝났다. 백화점식으로 학과를 늘어놓고 정원만 늘리면 사업이 되는 시대는 이미 지났다.

기억하라. 앞으로의 시대는 재능의 시대다. 컴퓨터 스크린에서는 간판이 필요치 않다. 아이들도 여기를 좋아한다. 자기 개성대로, 자기 독창적 세계를 펼쳐 볼 수 있기 때문이다.

모두가 주연

성적이 떨어지는 아이들이라고 들러리는 아니다. 속 좁은 부모가, 편견에 찬 사회가 이들을 들러리로 만들고 있을 뿐이다. 이들에게 자기 갈 길을 그리고 자기 설 자리를 가르치고, 인도해야 할 책임이 우리 모두에게 있다.

저마다 최선을 다하지만 마음에 드는 대학에 들어갈 수 있는 확률은 통틀어 30% 미만이다. 나머지 70%는 처음부터 대학에 들어갈 재목이 아닌데 경쟁 대열에 세워 놓았다 해서 이들을 일컬어 '들러리'라 부르기도 한다. 본인이 듣기에도 거북하고 기분 나쁘겠지만 이게 우리 교육의 현실이다.

어차피 중고등학교는 대입 위주의 교육인데 못 들어갈 아이라면 왜 처음부터 대열에 섞어 어정거려야 한단 말이냐? 불행히 누구도 여기에 대한 해답은 없는 모양이다. 대개의 아이들은 스스로의 판단으로 자신이 들러리란 사실을 알고 있다. 하지만 달리 어떤 대안이나 선택의 여지가 없다. 그래서 더욱 답답하다.

문제가 더욱 복잡한 것은 아이도, 선생도 들러리란 사실을 알고 있는데 부모만이 모르고 있다는 점이다. 현재까지의 성적으로 보아 좀 불안하지만 앞으로 '잘만 하면' 어떻게 될 수 있을 것이란 희망을 갖고 있다. 그래서 밀고 간다. 하지만 아이는 참으로 비참하다. 조연도 아닌 엑스트라 같은 기분으로 학교를 다녀야 한다는 건 견디기 힘든 수모요, 부담이다.

청소년은 그렇지 않아도 발달과정상 주변인이다. 가정에서, 사회에서 그들은 변두리를 서성이며 결코 주역이 되지 못 한다. 내 설자리가 확실치 않은 심리적 상황에서 학교에서까지 들러리로 전락한다는 건 참으로 괴롭다.

이들이 때론 열등감에 쫓겨 기성체제에 반항하고 가출, 여러 가지 비행에 폭음, 폭주로 치닫게 되는 것도 들러리 인생의 반발에서 비롯된다. 등교 거부는 물론 아예 식음도, 가족과의 대화도 거부하고 제 방에 틀어박히는 무기력 증후군도 들러리이기를 거부하는 강력한 자기주장일 수 있다. 청소년 비행의 원인은 낮은 사회계층 탓도, 결손 가정 탓도 아니다. 대개의 경우 성적 부진 때문이다. 아이는 해도 안 되는데 부모는 시키니 마찰이 일어날 수밖에 없다. 끝내 못 견디는 아이가 이탈한다. 이게 비행으로 이어진다.

하지만 이 아이들은 들러리가 아니다. 속 좁은 부모가, 편견에 찬

사회가 이들을 들러리로 만들고 있을 뿐이다. 이들에게 자기 갈 길을 그리고 자기 설 자리를 가르치고, 인도해야 할 책임이 우리 모두에게 있다.

들러리라니? 천만의 말씀. 다만 아이들이 제 자리를 잘못 찾아 섰을 뿐이다. 서있는 위치 선정이 잘못되어 있다는 뜻이다.

생각해보라. 이름난 야구 선수가 축구장에서 축구 시합을 한다고 상상해보자. 씨름 선수가 발레를 한답시고 무대에 섰다고 생각해보자. 주역은커녕 조연도 들러리도 못된다. 사람은 제 설 자리가 정해져 있다. 물론 청소년은 아직 '기성품'이 아니기에 설 자리가 확실히 정해질 순 없다. 하지만 자기에게 맞는 자리를 찾을 수 있도록, 그리고 그런 방향으로 갈 수 있도록 도와줘야 하는 게 우리의 의무다.

자기에게 맞는 쪽으로 가야 한다. 그리고 그 자리에 서야 한다. 거기라야 내가 주역이 되는 것이다. 왜냐 하면 이 세상 누구도 내가 하는 일을 나만큼 할 순 없기 때문이다. 자기에 맞게 살아갈 수 있는 사람이면 그게 주연이요, 주역이다.

사실이지 미래사회는 모두가 주역이요, 주연이 되는 사회이다. 조연도 엑스트라도 들러리도 없다. 이미 그런 시대가 시작됐다. TV 드라마를 보노라면 누가 주연인지 알 수 없다. 모두가 주연이요, 또 모두가 상대에게 조연역을 하고 있다. 각자는 맡은 역에 따라 자기 개성을 마음껏 발휘하고 있다.

구두를 잘 만드는 사람, 양복을 잘 만드는 사람이 따로 있다. 또 최신 유행에 맞게 디자인을 잘하는 사람도 있다. 천을 잘 만드는 사람, 직조 기계를 잘 만드는 사람, 세일즈를 잘하는 사람……. 세상은 이렇게 많은 역할을 하는 사람들로 구성되어 있다. 여기에 누가 주연과 조연을 구분하겠는가? 굳이 있다면 모두가 자기 자리에서 주연이다.

학교 밖에 진짜 학교가 있다 • • • •

"50년 앞이라니요? 50년 후를 어떻게 생각합니까?"

가희 어머니는 흥분했습니다.

"아무리 못해도 전문대는 나와야 시집을 보낼 것 아닙니까? 그러니 싫든 좋든 학교는 보내야 합니다. 공부를 잘하고 못하고는 차후 문제지요. 일단 학교 울타리 안에서 얼쩡거려야 당장 탈선을 막을 수도 있습니다. 학교 말고 현실적인 대안이 없는 상황에서 무슨 생각을 달리, 어떻게 하라는 겁니까?"

하긴, 저 역시 당장 가희가 학교를 그만두고 자기 뜻대로 취업이나 하는 게 좋겠다는 생각은 아니었습니다. 다만 가희 이야기도 선입견 없이 한 번 들어보자는 거였죠.

"엄마, 난 대학은 안 돼요. 반에서 40등도 못하는 내가 어떻게 대학엘 가요. 엄마 말대로 전문대 문과라지만 거길 나온들 뭘 해요? 거긴요, 반드시 어느 분야에 무엇이 된다는 보장도 없어요. 간판요? 그런 간판보다 번듯한 일자리를 찾아 제 앞가림 척척 하는 간판이 훨씬 써먹기가 낫다고요. 고등학교는 졸업하겠어요. 얼마 남지도 않았으니까. 하지만 그 이상은 싫어요. 그 지긋지긋한 학교, 생각만 해도 싫어요. 엄마, 전요 학교와는 안 맞아요. 머리가 좋은 것도 아니고, 공부에 취미가 있는 것도 아니고, 꼭 다녀야 한다는 의지도 없고, 도대체 내 적성에 맞질 않아요. 지금까지 하느라고 했잖아요. 더 이상 뭘 기대하세요?"

등교 거부, 짧은 가출까지 한 딸과 어머니의 대화입니다. 상담을 하러 나를 찾아 왔지만 마치 재판관 입장이 되고 말았습니다. 어찌 이 모녀뿐이겠습니까. 이렇게 대립이 표면화된 경우도 있고 물 밑에 잠재되어 있는 가정도 많을 겁니다.

가희는 정말 학교가 싫었습니다. 만원 전철에 시달리며 겨우 학교엔 왔지만 알지도 못하는 수학, 물리……. 정말 죽을 맛이었습니다. 멍하니 창 밖 하늘만 바라보다 돌아오곤 했죠. 전철에서 만난 자기 또래의 직장 여성이 훨씬 생기발랄해 보였습니다. '저마다 보람 있는 일을 하고 있겠지.' 가희는 그런 생활이 부러웠습니다.

부모 몰래 아르바이트를 해본 것도 그래서였습니다. 단순한 일이었지만 다양한 사람들을 만나 이야기하는 일에 매력을 느꼈습니다. 너무 열중한 나머지 학교 수업도 빠지고, 이게 집에 알려지면서 문제가 노출되었습니다. 그의 짧은 가출, 등교 거부는 이렇게 시작된 것입니다.

가희는 분명한 아이였습니다. 자신의 장단점을 정확히 파악하고 있었죠. 그리고 그 나름대로의 길을 잘 찾아가고 있는 듯 했습니다. 공부가 하고 싶어도 할 수 없는 사회도 문제지만 가희처럼 재주도 없고 적성에도 안 맞고, 그리고 죽어라고 싫다는 아이를 억지로 학교에 보내야 하는 사회도 바람직하지 않긴 마찬가지입니다.

우리나라 대졸 비중은 세계 최고 수준입니다. 그러나 많은 대학 졸업자들이 직장을 구하지 못해 청년백수가 심각한 사회문제로 대두되고 있습니다. 사회 구조적으로 대졸 출신이 그렇게 많이 필요하지 않기 때문입니다. 그런데 우리 한국호에서는 모두 선장을 하겠다고 나서니 배가 제대로 항해할 수 없습니다. 기관사, 항해사, 통신사, 갑판원……. 부서마다 숙련된 전문기술직이 있어야 합니다.

요즘 같은 취업난에도 기술, 전문 인력은 턱없이 부족합니다. 그런가 하면 그 많은 고급 인재가 실의와 좌절 속에 떠돌이 신세로 전락하고 있습니다. 그런데 우린 여전히 대학 타령입니다.

　　미래사회가 필요로 하는 인재가 무엇인지 생각해봐야 합니다. 미래사회는 정규 학교에서보다 밖에서 배워야 할 공부가 더 많습니다. 그만큼 사회가 다양해지고 전문화되어 가기 때문입니다. 첨단 기술 분야는 현장에 직접 뛰어들지 않곤 학교에서 배우지 못합니다.

　　대입 실패가 인생 실패라는 고정관념에서 이젠 탈피해야 합니다. 그래야 아이들이 제 능력, 제 적성, 제 희망대로 자라날 수 있습니다. 안 될 줄 알면서 경쟁 대열에 밀어 넣는 우는 범하지 말아야겠습니다.

개성 있고
인간적인
아이가
성공한다

개성 있는 아이로 키우자.

누구나 다 하는 학교 공부만으로는 개성을 살릴 수 없다. 지저분하고 어지럽혀 놓는 것도 개성이다. 그게 창조의 샘일 수도 있다는 사실을 잊지 말아야 한다.

머리보다 가슴이 중요하다.

최근 들어 지능보다 정서 능력을 더 중시하고 있다. 냉철한 이성, 차가운 지성보다 따뜻한 감성, 뜨거운 가슴이 있어야 한다는 것이다.

인사를 가르치자.

인사하는 걸 보면 사람 됨됨이를 알 수 있다. 인사는 인간의 기본이기 때문이다. 그 집의 가풍, 부모의 인격까지 가늠할 수 있다. 인사는 그의 간판이다.

아이와 함께 숲으로 가자.

자연 속에 융화되는 삶을 가르쳐야 한다. 그래야 감성적 감동이 되살아 날 수 있다. 지성과 감성의 조화, 거기서 창조가 이루어진다.

더불어 사는 세상

사람은 결국 혼자라지만 혼자서는 아무 일도 못한다. 기계 문명이 발달할수록, 잘 살게 될수록 이러한 고독한 군상은 증가할 수밖에 없다. 어떤 세상이 된다 해도 인간의 군집 본능은 마비되지 않는다. 어울려 사는 일, 더불어 사는 일을 가르쳐야 한다.

'혼자 아이(외동이)는 그것만으로 병이다'라고 말한 학자가 있다. 지나친 이야기다 싶긴 하지만 혼자 아이의 성장 환경이 불리한 것만은 확실하다.

형제가 많은 집에 비해 여러 가지 적응상의, 또는 대인관계에서 문제가 생기기 쉽다. 왜냐 하면 혼자 아이는 어른 사회에서만 자라기 때문에 또래 아이들과의 협동이나 협조, 양보, 나눔 등을 익힐 기회가 적다. 독선적이고 제멋대로 자라면 외톨이가 될 수 있다.

혼자 아이는 아무래도 어머니 걱정이 더할 수밖에 없다. 과잉 보호, 과잉 간섭이 될 염려가 커서 자립심이나 인내심이 부족하고 나약 할 수 있기 때문이다.

혼자 아이의 이런 취약점은 엄마들이 다 알고 있다. 그러면서도 현실적으로 많이 낳을 형편이 못된다. 그리고 엄마이기보다 여성이고 싶고, 육아보다 내 생활이 중요하다는 것이 요즈음 젊은 여성의 의식이다. 성적 매력을 유지해야 하는 것도 큰 몫을 차지한다.

"너 혼자 심심하지? 동생이 있으면 좋겠지?"

난 지나치면서 무심코 혼자 아이인 조카에게 물었다. 한데 이 아이의 대답이 내 발걸음을 멈추게 했다.

"아니요. 순이가 있는데요?"

순이? 아니 그 사이 여동생이 생겼나? 물어볼 틈도 없이 녀석은 순이를 불렀다. 강아지가 꼬리를 흔들며 저쪽 방에서 달려 나왔다. 지켜보고 선 엄마가 대견스러운 듯 설명을 붙인다.

"둘이 싸우지도 않고 잘 놀아요."

물론이지, 싸울 턱이 있나? 강아지가 아이 것을 달라기를 하나, 뺏기를 하나. 성가시게 하지도 않을 테니 친할 수밖에.

이게 문제다. 크는 아이가 싸울 일이 없다니? 시샘도 하고 다투기도 하고, 뺏고 뺏기고, 토라져 돌아서기도 하고 그리곤 다시 어울려 놀고……. 이게 아이다. 이런 과정을 통해 아이들은 서로 어울려 더불어 사는 슬기 그리고 재미를 들일 수 있는 것이다.

혼자 아이는 엄마와 밀착된다. 자기 말을 잘 들어주는 강아지나 엄마와는 친하다. 1대1 관계는 잘한다. 둘만 좋으면 되기 때문이다. 한데 여기에 제3자가 끼어들면 문제가 복잡해진다. 혼자 아이는 3인 관계에 익숙하지 않아, 유치원에 가면 선생을 독점하려 하고 다른 아이들과 나눠 가질 줄 모르는 경우가 많다.

어쩌다 짝꿍과는 친하게 지내지만 그 이상은 어려울 수 있다. 이런 아이들은 다른 아이들이 끼어들면 불안해진다. 짝꿍이 다른 아이와 어울리면 심한 질투 끝에 싸움, 그리곤 헤어지게 된다. 이렇게 되면 사회생활이나 조직 생활도 어렵게 된다. 당장 유치원에서부터 문제가 생긴다. 남들과 나누어 갖는 심성이 없는 아이는 결국 살아남기 힘들다.

신은 우리에게 나누어 갖는 것으로 풍요로움을 가르쳤다. 서로 돕고 격려하며 위로하고 슬픔도 기쁨도 함께하는 마음, 이건 어떤 시대, 어떤 사회에서도 인간으로서 갖추어야 할 기본이다.

사람은 결국 혼자라지만 혼자서는 아무 일도 못한다. 컴퓨터만 상대하는 혼자 생활이라지만 사실은 혼자가 아니다. 그걸 만든 사람, 파는 사람, 설치·수리해주는 사람까지 많은 이들과 함께하고 있는 것이다. 이제 음식에서 양말 한 짝까지 우리는 남의 도움 없이 단 하루도 살아가지 못한다.

미래사회가 사람과 사람 사이를 더욱 멀어지게 만들 것은 확실하다. 잘 살려는 몸부림이 결과적으로 고독해지기 위한 경쟁이 되고 말았으니 참으로 아이러니다. 미래사회가 혼자 사회라지만 말 그대로 혼자란 뜻은 아니다. 사람 손보다 기계를 상대로 하는 일이 많아지기 때문에 혼자 일하는 시간이 많아지는 작업 환경이 된다는 뜻이다.

혼자 시간이 많기 때문에 사람에의 그리움이 오히려 더해지게 된다. 우린 이 사실을 겸허히 받아들이고 대책을 강구해야 한다. 이미 정신과 외래에 오는 이상 성격자의 수가 증가 일로에 있다. 영화나 소설 속에 나오는 이상 성격의 주인공이 이젠 현실이 되어 바로 우리이웃에 생겨나고 있는 것이다.

인간관계가 안 되는 사람이 있다. 아예 사람이 싫다는 사람도 있다. 하려 해도 안 되는 사람도 있다. 이들은 예외 없이 정서 고갈 상태에 있다. 인간적 접촉에서만 얻을 수 있는 흐뭇함, 믿음, 사랑, 우정 등을 아예 못 느끼는 사람들이다. 참으로 불쌍한 인간이다. 기계 문명이 발달할수록, 잘 살게 될수록 이러한 고독한 군상은 증가할 수밖에 없다.

미래사회에선 고독과의 전쟁이 가장 절실하고 무서운 일이다. 어떤 세상이 된다 해도 인간의 군집 본능은 마비되지 않는다. 어울려 사는 일, 더불어 사는 일을 가르쳐야 한다.

이건 인간으로서의 기본적 능력인데 한국의 어머니들은 이 점을 소홀히 하고 있다. 이젠 가족 수도 적고 형제도 없다. 외톨이가 되지 않도록 각별한 관심을 가져야 한다. 필요한 경우 고독을 견디어 낼 수 있는 능력도 물론 있어야 한다. 이건 평소 사람들과 즐겁게 어울려 잘 지낼 수 있는 사람만이 가능하다.

우리는 더불어 사는 슬기, 더불어 사는 기쁨을 터득할 수 있는 심성을 길러야 한다. 누구에겐가 도움이 되는 사람, 누군가를 위해 무엇을 해줄 수 있는 사람 그리고 여럿과 더불어 즐거움을 나눌 수 있는 사람이 되어야 한다.

축구장이나 농구장 스탠드의 열광, 승리의 환희가 좋은 것은 여럿이 함께여서이다. 덩그러니 혼자 앉아 TV로 보는 경우와 비교해 보라. 더불어 사는 즐거움이 어떤 것인가를 이해할 수 있을 것이다.

혼자 아이가 늘어가는 사회에서는 절대로 '혼자여서 좋다'는 생각을 갖게 해선 안 된다. 혼자여서 싸울 일도 없고 편하다는 생각이 든다면 이 아이에겐 더불어 사는 심성이 길러질 리 없다. 우리가 클리닉을 열고 해마다 외톨이 캠프를 열어야 했던 딱한 사연이 이해되었으면 좋겠다.

지금 내가 사랑하는 아이에게 무슨 짓을 하고 있나를 한 번쯤 생각해보아야 한다. 경쟁! 과연 무엇을 위한 경쟁인지 멀리 앞을 보고 냉철히 생각해봐야 한다.

엉뚱한 아이가 좋다

빵 하나 굽는 것도 개성이 있어야 주목을 받을 수 있는 시대다. 누구나 다 하는 학교 공부만으로는 개성을 살릴 수 없다. 어느 분야든 선두주자가 되려면 남과 다른 분명한 개성이 있어야 한다.

"너무 공부 타령하지 마세요. 아이들은 공부 기계가 아닙니다. 어른들이 짜 놓은 틀에 억지로 집어넣으려니까 무리가 생기는 겁니다. 아이들에게 숨 쉴 여유를 주십시오. 뛰놀기도 하고 하고픈 것도 할 수 있게 말입니다. 그래야 개성 있는 아이로 자랄 수 있습니다."

기왕 내친 김에 난 계속 이어갔다.

"현대는 개성의 시대라고 합니다. 어머님 스스로도 그렇게 하려고 무진 애를 쓰고 있습니다. 남보다 다르게, 개성적으로 보인다는 건 쉬운 일이 아닙니다. 연구도 해야 하고 돈도 듭니다. 그래도 개성이 있는 자신을 연출하려고 노력합니다. 그러면서 왜 아이들은 하나같이 똑같은 틀에 넣으려 하는 겁니까. 이젠 무엇을 하든 개성 없인 살아남을 수 없습니다. 무슨 분야 무슨 일을 하든 개성 없는 작품은 거들떠보지 않습니다. 빵 하나 굽는 것도 개성이 있어야 주목을 받을 수 있는 시대에 살고 있습니다. 너무 공부 타령하지 마십시오. 누구나 다 하는 학교 공부만으로는 개성을 살릴 수 없습니다."

어머니들은 모두 고개를 끄덕였다. 누구 하나 이의를 다는 사람은 없다. 하지만 난 그 속을 안다. '말은 맞지만 어디 현실이 그러냐?' 수긍은 하면서도 그렇게 할 자신은 없다. 그러다 아이들 성적이라도 떨어지면? 생각만 해도 아찔하다.

이런 순간의 어머니들 표정은 참으로 묘하다. 아무래도 속이 켕긴다. 이렇게 키워선 안 되는데 하면서도 어쩔 수 없이 그렇게 되어 간다. '맞아. 그래선 안 되지……' 하지만 다음 순간, 나 혼자 그런다고 될 일인가? 생각이 이렇게 돌아가니 수긍은 하면서도 어머니들 표정엔 자신이 없다. 아마 이게 대개의 어머니들 마음일 것이다.

우리는 토끼와 거북이 우화를 통해 거북이 같은 사람이 되라고 교육 받아 왔다. 그것이 지배적인 가치관이었다. 한데 젊은이들의 대담에서 깜짝 놀랄 이야기를 들었다. 한 젊은이가 자기는 토끼가 되겠다는 것이었다.

"일할 때는 화끈하게 하고, 또 즐길 때는 마음 푹 놓고 즐기면서 살겠습니다. 쉴 줄도 모르고 즐길 줄도 모르는 느리고 미련한 거북이를 도대체 왜 배워야 하는지 모르겠습니다. 그 경주에서 이겼다 해도 그런 승리가 무슨 의미가 있냐고요. 난 차라리 패배한 토끼의 삶이 더 멋있고 가치 있다고 생각합니다."

이 젊은이의 발언은 충격적이었다. 더욱 놀랄 일은 동석한 상당수 젊은이가 그의 말에 적극 동의하고 있었다는 점이다. 그 날의 주제가 가치관이라 이야기는 흥부와 놀부로 넘어갔다.

"흥부요? 나는 그런 무능한 흥부는 싫어요. 거기다 먹이지도 못할 주제에 웬 아이는 그렇게 많이 낳았는지……. 언제나 형에게 손이나 벌리는 그런 사람은 싫습니다. 그보다는 경제원리에 철저한 놀부의 처신이 옳지 않습니까? 동생 처지를 불쌍히 여겨 도와주다가 진짜 동생을 불구로 만들 게 아닙니까?"

심청 이야기는 더욱 놀랍다.

"효는 해야지요. 하지만 그런 방법으로 해서는 안 된다고 생각합니다. 죽어서 아버지 눈을 뜨게 한들 무슨 소용입니까? 딸의 목숨을 바꿔 광명을 찾았다고 좋아할 아버지가 어디 있겠습니까? 심청은 돌이킬 수 없는 불효를 저지른 겁니다."

엄마들의 생각이 어떨지 궁금하다. 우리 품에서는 지금 이런 아이들이 자라고 있다. 그래서 난 젊은 엄마들에게 발상의 전환을 요구하고 있는 것이다. 지금 세계는 하루가 다르게 변하고 있는데, 우린 언제까지 낡은 틀에 매달려 아이의 몰개성화를 위해 핏대를 올려야 하는 건가.

개성의 시대에는 자기다운 스타일, 누구도 흉내낼 수 없는 독창적인 것이 있어야 한다. 문학 작품이나 예술세계는 물론이고 스포츠, 연예계도 남의 흉내나 내는 사람은 빛을 발할 수 없다. 장사를 해도 자기만의 독창적인 스타일이 있어야 한다. 옷이나 구두는 물론이고 음식도 그 집만이 갖고 있는 독특한 분위기, 독특한 맛, 그리고 멋이 있어야 장사가 된다.

인물도 이젠 개성의 시대다. 반지레한 얼굴만으로 인기배우가 되던 시대는 지났다. 그 역은 그 배우 아니고는 누구도 흉내조차 낼 수 없는 강한 개성의 배우여야 한다. 개성이 강한 사람이 요구되는 시대다. 그런 사람이라야 어떤 분야에서든 개성적인 일을 해낼 수 있기 때문이다.

이 점에서 우리 한국 사람은 기질적으로 큰 취약점을 갖고 있다. 예부터 개성적인 것은 용납되지 않았기 때문이다. 모난 돌이 정을 맞는다. 남달리 별나게 굴지 말아야 한다. 그저 둥글둥글하게 모나지 않게 그렇게 살아야 한다. 남과 어울려 마찰 없이 화합해서 잘 살아가는 슬기가 강조된 집단문화였다. 개인주의 사회의 개성적인 서구 문화와는 질적으로 다르다.

우리는 남과 다르다는 건 곧 열등한 것으로 받아들였다. 지금도 우리 청소년은 남과 다르다는 건 큰 창피로 알고 있다. 키가 커도 고민, 작아도 고민이다. 뚱보도 문제요, 말라도 문제다. 남들 속에 묻혀 표가 안 나야 안심이다. 우리는 이렇게 개성이 용납되지 않는 문화권에 살아왔고, 지금도 그러한 잔재는 강하게 남아 있다.

하지만 앞으로의 시대는 개성 있는 강한 이미지를 요구하고 있다. 사람들 속에 그저 무난히 그런대로 살려면 둥글둥글, 모남이 없이 굴러가는 것도 괜찮다. 하지만 어느 분야에서든 선두주자로 달리는 사람이 되려면 어떤 면에서든 남과는 다른 개성이 분명해야 한다.

여기가 요즈음 부모의 고민이다. 모나선 안 된다는 오랜 의식의 잔재가 아직 남아 있는 부모 세대여서 '개성이 강한 아이'가 용납되지 않기 때문이다. 그런 아이는 우선 키우기에 귀찮고 힘겹다. 때로는 이상이 아닌가 걱정이 되기도 한다.

실제로 평균적인 한국 부모의 입장에서 이상과 개성의 감별이 쉽진 않다. 전문가도 어렵다. 천재와 정신병은 종이 한 장 차이라는 말도 지어낸 소리가 아니기 때문이다. 천재들의 어릴 적 기행이나 괴벽이 이상이냐, 천재적 개성이냐 하는 논란은 전문가들 사이에도 의견이 분분하다.

하지만 그게 나중에 이상으로 진단된다 하더라도 아이의 개성은 존중되어야 한다. 개성에 대한 부모의 태도가 어떻든 아이들은 태어나면서부터 저마다의 특징이 뚜렷하다. 순한 놈도 있고 온종

일 울어대는 아이도 있다. 잘 먹는 아이가 있고 먹으면 토하는 아이
도 있다. 얼굴이 모두 다르듯이 타고나는 기질이나 자질, 성향·소
인·소질 등이 모두 다르다. 이것이 개성의 씨앗이다.

이 씨앗이 어떤 모습으로 자랄 것인가. 이것이 지금부터의 과제
다. 물론 가장 중요한 것은 엄마다. 그리고 아버지·형제, 좀더 자
라면서 친구·애인 등의 순으로 영향을 받는다.

아이들 기질을 그대로 살려줄 순 없다. 가령 파괴적인 기질 등은
다소 죽이지 않으면 안 된다. 대신 그 일을 보다 건설적인 방향으로
승화시켜줘야 한다. 싸움 잘하는 아이라면 운동을 시켜야 한다. 지
나치게 시끄러운 놈, 설치는 놈도 식사 때나 손님 앞에서는 얌전하
게 굴도록 훈련시켜야 한다.

가정이나 사회에는 일정한 규범이 있다. 아이를 키운다는 건 그
틀에 집어넣는 훈련과정이다. 하지만 지나친 통제, 지나친 간섭은
아이들의 개성을 죽여 버린다. 그렇다고 통제가 없는 자유방임도
안 되고……. 이것이 부모의 갈등이다.

이 균형을 잘 살려야 한다. 사회의 일원으로서 남과 어울려 사는
훈련과 함께 아이의 개성을 살려나가야 하는 게 부모에게 주어진
숙제다. 아이의 기질은 물론이고 취미와 특성, 장기, 성품 등 다각
적인 면을 면밀히 관찰해야 한다.

좋은 구석도 있지만 당장은 눈에 거슬리고 거북살스러운 면도
있을 것이다. 하지만 그게 파괴적인 성향이 아닌 이상 그런 대로의

특징을 존중하고 수용할 수 있는 여유가 있어야 한다. 부모의 욕심이 지나쳐 아이들 개성을 조작하려 들어선 안 된다. 개성이란 자율적인 것이지 남에 의해 만들어지고 조작되어진다면 그건 이미 개성이 아니다.

그리고 타고난 개성을 지니는 데는 힘이 필요하다. 누가 뭐래도 흔들리지 않아야 한다. 흉을 본다고 그만 기가 죽어버린대서야 개성이 살아남지 못한다.

앵무새처럼 남이 하는 대로 따라 하는 아이라면 그런대로 좋다. 크게 마찰도 없을 것이며 그저 그런대로 어울려 지낼 수 있을 것이다. 선두주자로서의 욕심만 없다면 그런대로 좋다. 하지만 그래서는 남보다 앞설 수 없다는 사실만은 알아야 한다.

지저분한 것도 개성이다

지저분하고 어지럽혀 놓는 것도 개성이다. 건강을 해칠 정도가
아니면 지저분한 대로 그대로 두자. 무질서가 창조의 샘일 수도
있다.

깔끔한 아이가 있다. 단정한 차림에 옷도 항상 깨끗하다. 제 방
청소도 말끔히 잘하고 책상도 늘 잘 정돈되어 있다. 이런 아이는 시
키는 대로 말도 잘 듣고 공부도 착실히 한다. 학교 성적도 좋다. 모
든 분야에서 모범생이다.

굳이 흠을 잡는다면 융통성이 부족한 편이다. 시키는 일은 꼬박
꼬박 잘하지만 스스로 무언가를 생각해내는 독창성이나 창의적인
면에선 아쉽다. 이것이 강박적인 성향의 약점이다.

거기에 비해 지저분한 아이가 있다. 옷차림부터 엉성하다. 단추

하나 옳게 채우지 않는다. 방도 엉망이다. 얼마나 어지럽혀 놓았는지 정신이 산란하다.

엄마와의 충돌이 불가피하다. 방 청소 좀 해라, 책상 정리 좀 해라. 엄마의 성화에 치우는 척하지만 그게 그거다. 조금만 지나면 도로아미타불, 보다 못한 엄마가 학교 가고 난 후 방 청소, 책상 정리를 해주게 된다.

하지만 내 충고는 그대로 두라는 것이다. 이렇게 어지러운 상태로 무슨 공부가 되랴 싶은 걱정도 들겠지만 그건 엄마 생각이지 아이들 기준은 아니다. 녀석은 그런 데 익숙해있어 전혀 불편하지 않다.

정돈 잘된 걸 싫어할 아이야 없겠지만 지저분하다고 공부가 안 될 아이도 아니다. 곰팡이가 피어 아이의 건강을 해칠 정도가 아니라면 지저분한 대로 그대로 두자. 그것도 아이의 개성이다. 꼭 정리를 해야겠다면 아이가 할 때 도와주는 선에서 그쳐야 한다. 아이가 없는 사이 엄마 혼자 아이 책상을 정리해선 안 된다. 거기엔 몇 가지 분명한 이유가 있다.

첫째, 윤리적 측면이다. 제 방 청소는 제가 해야 한다. 이건 사람으로서의 기본이다. 일어나 세수하고 제 손으로 밥을 먹어야 하는 거나 같은 이치다. 책임이니 의존성이니 하는 차원을 떠나 사람으로서 해야 할 기본적인 일이라는 사실을 가르쳐야 한다.

둘째, 그 다음 이유 역시 윤리적 이유다. 방 정리를 하다 보면 '우연히' 봐선 안 될 걸 보게 된다. '우연히' 라지만 엄마는 의도적일 수도 있다. 궁금하기도 하고 호기심도 생길 것이다. 방엔 저질 만화도 있고, 이상한 사진도 있다. 그뿐인가, 일기장도 훔쳐본다. 내 아이 일기장이라 할지라도 그건 어디까지나 남의 일기장이다. 남의 것을 훔쳐볼 권리는 이 세상 누구에게도 없다.

셋째, 사람이라는 동물도 자기만의 영역이 필요하다. 누구의 간섭이나 침입을 받지 않는 '나만의 공간'에서 정서적으로 안정이 되고 푸근한 휴식을 얻을 수 있다. 아이들 방은 그런 기능을 하고 있다.

아이들은 제 방에서 온갖 공상, 환상의 세계에 젖어든다. 거기엔 세계 제패의 꿈이 있고 우주를 날려버릴 큰 비밀도 숨겨져 있다. 애달픈 짝사랑도 있고 자존심 상하는 창피도 있다. 누구도 이 비밀을 캐선 안 된다.

여기에 침입자가 들어왔다고 가정해보라. 아이는 안정될 수 없고 침입자를 미워하며 엄마와의 사이엔 깊은 불신의 벽이 가로놓이게 된다.

끝으로 한 가지 더, 엄마들이 꼭 알아야 할 점은 무질서가 창조의 샘이 된다는 사실이다. 교수나 작가의 서재를 가보라. 한마디로 엉망진창이다. 어지러이 널린 책하며 누런 원고뭉치, 뒤섞인 자료, 낡은 신문철, 잡지 조각들이 마치 태풍이 휩쓸고 간 폐허 같다.

발명왕 에디슨의 연구실은 난파선의 기관실 같이 어수선했다. 아주 현기증이 일어날 지경이다. 하지만 누구도 그 방에 손을 대선 안 된다는 게 그 집 식구의 불문율이었다. 구겨진 철사 하나도 손대지 않아야 했다. 저렇게 어지럽고 복잡한 속에서 무슨 연구가 되랴 싶겠지만 그것이 곧 창조의 촉매제 역할을 하고 있는 것이다.

영화감독 스필버그의 어머니도 아이가 방을 어질러도 야단치는 일이 없었다고 한다. 아이의 창의력과 상상력을 최대한 존중해주는 것이 아이의 독창성을 살리는 길이라 믿었기 때문이다.

때로는 자료 한 가지를 찾는 데만 몇 시간이 걸릴 때도 있긴 하지만 그래도 자료는 이것저것 분류, 정리되지 않고 섞여 있어야 한다. 그것들이 뒤섞여 용광로에 녹아 다시 융합하는 과정을 통해 새로운 독창적인 아이디어가 우러나는 것이다.

어지러이 널려 있어도 그대로 두어라. 그 속에는 자기만이 아는 질서가 있다. 괜히 정돈해준답시고 위치를 바꾸어 놓으면 그땐 진짜 혼란이 온다. 자기 한 대로 둬야 한다. 정 불편하면 자기가 치운다.

모든 걸 깔끔히 정리정돈하는 아이도 물론 그런 대로 좋다. 그러나 공부 한 자 하는 데 책상 정리 한 시간, 방 청소 한 시간 후에 비로소 공부를 할 수 있는 아이라면 크게 발전성이 있는 아이는 아니다. 평균적인 삶은 잘할 수 있다. 시키는 일 깔끔하게 잘하고 자료 정리 잘하는 참모 역할은 해낼 것이다. 그러나 지도자 되긴 그리 쉽지 않다. 지저분하고 어지럽혀 놓는 것도 개성이다. 그게 창조의 샘일 수도 있다는 사실을 잊지 말아야 한다.

IQ보다 EQ

최근 들어 지능보다 정서 능력을 더 중시하고 있다. 냉철한 이성, 차가운 지성보다 따뜻한 감성, 뜨거운 가슴이 있어야 한다는 것이다.

우주 비행사 선발 기준은 꽤나 까다롭기도 하지만 아주 엉뚱한 데도 있다.

선발의 첫째 기준이 '매력적인 사람'이다. 스스로를 매력적이라 생각하고, 또 누구나 그에게 호감을 갖고 인간적인 매력을 느낄 수 있어야 한다. 고도의 첨단 기계를 조작하고 위험한 우주 유영을 하는 우주 비행사가 굳이 매력적인 사람이어야 하는 이유는 무얼까?

엉뚱한 기준이란 생각이 들 수도 있겠지만 곰곰이 생각해보면 참으로 과학적이다. 발사 순간의 폭발 위험, 궤도 수정의 아슬아슬

한 순간, 무중력 상태, 좁은 공간에서의 단조로운 생활, 정확한 기계 조작, 만일의 사태에 대비한 기민성, 우주 미아가 될지도 모르는 불안……. 지구상의 어떤 인간도 체험해보지 못하는 힘든 상황이다.

이런 상황에 잘 적응하면서 임무 수행을 훌륭하게 해낼 수 있는 조건이 '매력적인 사람'이라는 것이다. 매력적인 사람은 사람을 잘 믿고 매사에 자신감이 강하다. 긍정적이고 낙천적이다. 여유가 있고 정서적으로 안정되어 있다. 유머감각이 있고 남을 위한 배려심이 강하다.

이런 사람이라야 그 좁은 공간에서도 비행사끼리 신경을 건드리지 않고 사이좋게 지낼 수 있다.

최첨단의 고도 전자 기술의 총합체인 우주선을 조종하려면 머리도 좋아야 할 것이다. 하지만 그보다 더 중요한 건 그의 인간성이다. 지성보다 감성을, 머리보다 가슴을 더 중시하는 것이다. 냉철한 이성, 차가운 지성보다 따뜻한 감성, 뜨거운 가슴이 있어야 한다는 것이다.

우리는 이 사실을 조용히 곱씹어 봐야 한다. 시대착오적인 생각 같기도 하다. 우리의 하루 생활은 기계에서 시작하여 기계로 끝난다. 알람시계 소리에 잠을 깨고 토스트, 주스, 커피 등 전부 기계를 이용한다. 자동차로 출근을 하고 회사에 가면 컴퓨터 앞에 앉는다. 전철, FAX, 복사기 그리고 퇴근 후 오락게임, TV, 휴대폰까지 사람보다 기계와 마주하는 시간이 많다.

사람 없이 혼자 기계와 더불어 살아도 별 불편이 없는 시대다. 이제 아이들은 전자게임도 친구와 둘이서 하지 않는다. 둘이서 하면 싸움도 나고 귀찮다는 것이다. 그리고 지면 기분 나쁘니까 아예 혼자 마음대로 기계를 조작하며 마음 편히 하겠다는 것이다. 사람과의 접촉이 줄어들고 인간은 점점 자기중심적으로 되어가면서 정서 고갈의 시대로 접어들게 된다.

이것이 기계문명 시대를 살아가는 현대인의 비극이다. 불행히 미래사회는 이런 경향이 더욱 짙어져 갈 것이다. 이제 우리는 이 시점에서 냉철히 생각해봐야 한다. 그렇다고 인간이 기계하고만 계속 살아갈 수 있을까?

대답은 간단하다. 잠시라면 몰라도 아주 그렇게 될 순 없다. 기계와의 시간이 많아질수록 사람에의 그리움은 더욱 절실해진다. 기계 같은 냉철한 사람보다 뜨거운 가슴을 지닌 사람이 그리워진다. 최근 들어 지능보다 정서 능력을 더 중시하게 된 것도 이러한 시대적 배경에서 비롯된 것이다. 선진국일수록 이러한 움직임은 더욱 활발하다. 미국에서는 영재 교육 프로그램을 'Head Start'가 아닌 'Heart Start'로 해야 한다는 주장을 하고 있다.

머리가 아니고·가슴이다. 일본의 의대생 선발 기준도 머리보다 학생의 심성(心性), 즉 인간성을 더 중시하고 있다. 이제야말로 남을 생각할 줄 아는 따뜻한 마음을 가진 아이를 길러야 하는 시대이다. 정보 사회의 기수 빌 게이츠도 그의 저서 〈미래로 가는 길〉에서

'정보화 사회의 가정은 우주의 중심'이라고 역설하고 있다. 사랑과 믿음이 넘치는 따뜻한 가정이 미래사회의 주역을 길러낼 수 있다는 것이다.

+ Brain

EQ는 자기조절력 지표

IQ에 비해 EQ는 사회성과 밀접한 연관을 갖고 있어 큰 주목을 받고 있다. 심리학자인 다니엘 골먼에 의하면, EQ는 다음 6가지 항목으로 살펴볼 수 있다.

- 자기감정을 정확히 아는 인지력
- 타인의 생각이나 감정을 이해하는 공감력
- 분노나 욕구 충동을 조절하는 능력
- 대인관계를 원만하게 하는 사회성
- 긍정적 사고 능력
- 포기하지 않고 끝까지 해내는 끈기

결론적으로 EQ는 곧 자기조절력 지표다. EQ는 인간관계의 가장 중요한 열쇠이며, 사회적 성공에도 절대적이다.

인간의 기본은 인사

인사하는 걸 보면 사람 됨됨이를 알 수 있다. 인사는 인간의 기본이기 때문이다. 그 집의 가풍, 부모의 인격까지 가늠할 수 있다. 인사는 그의 간판이다.

인간을 가르쳐야 한다. 미래사회일수록 더더욱 인간을 가르쳐야 한다. 우리 사회에는 지금 경쟁 지향적인 학력 지상주의 가치관이 팽배해있다. 인간성은 뒷전, 오직 공부다.

지금까지는 그럴 수밖에 없었다. 학력이 지배하는 사회에 적응하기 위해서라면 그 길밖에 달리 방법이 없었다. 인간성이 시원찮아도 일단 출세만 하면 그런대로 인정받고 행세하고 살 수도 있었다. 하지만 지금부터의 사회는 학력만으로 통하지 않는다. 이제부턴 사람이다. 사람답게 사는 일, 생활의 질이 문제가 되는 시대이다. 온종일 기계와 혼자 일하는 사람일수록 사람에 대한 그리움은 더욱 짙어진다.

사람을 가르치는 기본은 인사에서 시작된다. 요즈음 아이들은 인사할 줄 모른다고 한다. 가르치지 않기 때문이다.

난 불행히도 한 아파트에 20년을 살면서도 어느 아이로부터도 인사 한 번 받아 본 적이 없다. 그런데 하루는 놀랄 일이 생겼다. 승강기를 타려는데 웬 고등학생이 꾸벅 절을 하면서 먼저 타라고 물러서는 게 아닌가. 난 하도 놀랍고 신통해서 어느 집에 사는 아이냐고 물었다. 그러면 그렇지, 청주에서 온 어느 집 손님이었다.

인사하는 걸 보면 사람 됨됨이를 알 수 있다. 인사는 인간의 기본이기 때문이다. 그 집의 가풍, 부모의 인격까지 가늠할 수 있다. 인사는 그의 간판이다. 사람을 대할 때 제일 먼저 접하는 게 그의 인사다. 인사를 잘해야 상사로부터 인정을 받는 것도 그래서다.

내가 원장 시절, 큰 의료 분쟁이 일어났다. 성난 보호자들로 인해 사흘 넘게 원장실에 연금 상태로 갇혀 있었고, 병원 복도는 아수라장이 됐다. 겨우 해결이 돼서 풀려나긴 했지만 완전히 파김치가 됐다. 직원들은 평정을 되찾아 여느 때의 상태로 돌아가 있었다. 난 그게 고맙기도 하고 야속하기도 했다. 누구 하나 나를 위로해주는

사람이 없었다. 맥없이 걸어가는데 저만치서 한 간호사가 인사를
건네 왔다.

"원장님, 이번에 너무 힘드셨죠? 정말 애쓰셨습니다."

난 깜짝 놀랐다. 내게 그 말 한마디는 참으로 큰 위안이었다. 난
그의 이름을 명찰에서 기억해 간호부장에게 물었다. 어떤 사람이며
어떤 집 출신이냐고. 간호부장은 싱긋이 웃더니 말했다.

"원장님이 왜 물으시는지 모르겠지만 그 간호사 마음에 드시
죠?"

그는 놀랍게도 올해 막 들어온 신입이었다. 그리고 이미 간호부
장도 눈여겨보고 있는 직원이었다. 인정을 받고 있었던 것이다.

"그래, 역시 남다른 데가 있었군!"

이 정도면 그는 직장 생활에서 성공적인 출발을 한 셈이다.

인사에 관한 에피소드는 많다.

어느 기업 간부의 이야기다. 옆방 신입사원의 인사가 너무나 형
식적이어서 영 마음에 안 들었다. 괘씸한 생각이 들어 잔뜩 벼르고
있는데 그가 어느 날 협조 공문을 들고 자기 앞에 나타난 것이다.
'오냐, 잘됐다. 너 잘 걸렸다.' 그는 속으로 쾌재를 불렀다.

"이게 뭐야? 이것밖에 못 배웠어?"

벼락 호통을 쳤다. 녀석은 겁에 질려 부들부들 떨고 있었다. 신

입사원에겐 좀 잘못이 있어도 너그럽게 봐주는 게 선배의 도리다. 그걸 몰라 야단친 게 아니다. 돌려보내 놓고 그는 옆방 과장에게 이 실직고를 하지 않을 수 없었다. 사과도 겸해서. 한데 그 과장은 오히려 한술 더 떴다.

"잘했습니다. 아니 그 정도로 끝냈어요? 그 녀석은 원래 인간이 시원찮습니다."

"왜요?"

"인사 하나 변변히 하지 못하는데 무얼 기대하겠습니까?"

이 직장에서 그의 앞날은 뻔하다. 어디로 옮겨간다고 달라질 것도 없을 것이다.

인사 하나로 사람을 감동시킬 수도 있고 그걸 할 줄 몰라 매장 당할 수도 있다. 인사 하나 가르치는 게 그리 힘든 일일까? 유치원 때는 잘 가르치고 잘한다. 초등학교까지도 괜찮다. 중 · 고교, 나이가 들수록 시건방기가 들기 시작해 그만 인사가 시큰둥해진다. 부모가 계속 교육을 시키지 않기 때문이다.

성적 몇 점 더 따면 뭘 해? 열 가지 지식보다 인사 하나 똑바로 잘하도록 가르치는 게 더 큰 재산이 된다. 인사 잘하는 아이는 어디 가서도 밥 굶지 않는다. 일본 상품이 세계시장을 휩쓴다. 상품의 질도 그렇지만 그들의 철저한 인사 정신으로 세계 고객들을 감동시킨 것도 큰 힘이었다.

인사의 위력은 절대적이다. 큰 밑천이 드는 것도 아니다. 인사의 중요성을 부모가 얼마나 의식하느냐에 달렸다. 집에서 가르쳐야 할 걸 안 가르치니 우리나라 모든 기업체에서는 직원들에게 새삼스레 인사 교육을 시키고 있다. 수십억 원씩 돈을 들이면서 말이다.

마음이 따뜻한 아이로 키우자

우리 아이에게 진정 필요한 건 해외여행, 견문 넓히기가 아니라 어려운 친구와 고통을 함께하는 인간애를 길러주는 일이다. 남이야 어찌 되었건 나만 편하면 그뿐이라는 개인주의적 인간은 미래사회의 리더가 될 수 없다.

휴가철이나 방학 때면 비행기 표를 구할 수 없다. 우리도 이만큼 잘살게 되었다고 생각하니 기분 좋은 일이다. 최근에는 초등학생들도 해외여행에 많이 보낸다. 한데 여행의 목적이 설마 아이의 우월감을 부추기기 위한 것은 아니길 빈다. 너만은 특별한 아이, 선택받은 아이라는 선민의식을 심어주거나 우리 아이 해외여행 보냈다고 자랑이라도 하고 싶은 것은 아니길…….

해외든 국내든 여행에서 얻는 소득은 많다. 호기심 충족은 물론이고, 새로운 문물을 접하고 낯선 이국의 정취에 젖어보는 것도 소중한 체험이다. 하지만 나는 아이가 돌아올 때 귀국 선물로 무엇을 사들고 올는지부터가 걱정이다. 최고급 지갑을 선물로 사오는 부모들을 보며 아이들은 사치, 과소비, 무절제를 그대로 본받는다. 그렇다면 교육적 득보다 실이 더 크다.

아이는 개학날이 기다려질 것이다. 해외에서 본 풍물을 자랑하느라 신이 날 것이다. 대부분의 못 가본 아이들은 부러운 눈으로 쳐다볼 것이다. 그럴수록 다녀온 아이는 우쭐해질 것이고 못 가본 아이는 기가 죽는다. 반에는 해외여행은커녕 제주도도 한 번 못 가본 아이도 있고, 소년 소녀 가장도 있을 것이다. 우리 아이에게 진정 필요한 건 해외여행, 견문 넓히기가 아니라 어려운 친구와 고통을 함께하는 인간애를 길러주는 일이다.

병실 회진을 도는 의사는 대체로 기계적이다. 인간이 아니라 병에만 관심이 있다. 환자도 인간인데 말이다. "어떠십니까?" 의사로서 의례적인 말만 던지고 대답이 채 끝나기도 전에 다음 환자에게 간다. 나는 젊은 의사들에게 한마디만 더 하라고 충고한다.

"김장은 하고 오셨나요?"

이 말 한마디에 환자는 인간적 감동을 느낀다.

남이야 어찌 되었건 나만 편하면 그뿐이라는 개인주의적 인간은 미래사회의 지도자가 될 수 없다. 어느 분야에서건 지도자가 되려면 남의 아픔을 함께하는 따뜻한 마음씨를 가진 사람이어야 한다. 지금까진 인간적인 기본 자질도 못 갖춘 위인이 출세하고 성공하기도 했다. 그만큼 우리 사회는 불안정했고 급격한 변동 속에 성장해 왔기 때문이다. 인간성보다 운이 많이 작용했다. 하긴 대통령 자리도 탱크로 밀어붙여 빼앗을 수 있었다.

민주사회의 지도자는 어느 분야에서건 따뜻한 인간성의 소유자여야 한다. 사람들이 진심으로 존경하고 따르지 않는 한 지도자가 될 순 없다. 소풍도 못 가는 아이가 있는데 내 자식만은 호화판 해외여행을 시켜야겠다는 그 맹목적 애정이 자식 망치고 나라 망친다.

그럴 여유가 있다면 추운 방에서 떨고 있는 반 친구에게 헌 담요라도 들고 가게 해야 한다. 찾아가 군고구마를 함께 나눠 먹을 수 있는 심성을 길러줘야 한다. 미래사회에서는 남을 배려하고 따뜻한 마음을 가진 사람이 리더가 된다.

감동, 행복을 여는 열쇠

하찮은 것에도 감격하고 기뻐할 수 있는 섬세한 감성을 길러야 한다. 심미력. 인생과 자연, 아니 모든 사물을 아름답게 보고 느낄 수 있는 능력, 이보다 더 값진 게 또 어디 있으랴.

삶은 궁극적으로 즐거움을 추구하기 위한 과정이다. 때론 죽고 싶도록 괴롭고 힘든 일도 참고 견뎌낼 수 있는 것은 언젠가는 즐거운 날이 오리라는 희망이 있고 믿음이 있기 때문이다. 그마저 없는 사람이라면 불행히 자살이라는 바람직하지 못한 선택을 할 수밖에 없을 것이다.

일상의 잔잔한 기쁨이 있어 힘든 하루도 견뎌낼 수 있게 해준다. 그리고 슬픔에도 깊이가 있듯이 기쁜 감정에도 그 깊이에서, 질에서 차이가 많다. 농구 응원을 해도 초반의 골보다 마지막 순간의 결승골에 우리는 더욱 환호한다.

스탠드의 광적인 열광이 있는가 하면, 애인과의 달콤한 데이트는 꿈 같은 행복감을 안겨 준다. 수험생의 합격 순간의 환희 그리고 성적인 쾌감은 또 다른 차원의 절정감이다. 그런가 하면 종교인에겐 고행 끝에 세상의 진리를 깨닫는 순간, 광희의 극치에 이른다.

미켈란젤로가 사다리에 누워 로마 성당의 천장 벽화를 그리고 있을 무렵, 궁에서는 그에 대한 갖가지 모함이 진행되고 있었다. 하지만 그는 어떤 위협에도 굴하지 않고 오직 작품에만 전념했다. 눈으로 떨어지는 물감에 장님이 될 지경이었다.

이윽고 완성이 되던 날 그는 마치 미친 사람처럼 울부짖었다. 그 순간을 '사경의 고통과 광희의 극치'로 후세 사람들은 표현하고 있다. 물론 이런 경지는 보통 사람으로선 도저히 경험할 수 없는 절정의 체험이다.

하지만 우리가 걱정해야 할 것은 요즈음 젊은이들의 무감동증이다. 좋은 게 없다. 모든 걸 다 가져 봤고, 다 보고, 다 해봤으니 더이상 이들을 기쁘게 해줄 수 있는 게 없다. 이건 어쩌면 없어서 못먹는 불행보다 더 근원적이고 본질적인 불행이다. 없을 땐 언젠가 있겠지 하는 희망이 있고, 그리고 조금이라도 충족이 되었을 때 우리는 미칠 듯이 좋아할 수 있다. 하지만 풍요가 몰고 오는 불행은

끝이 없다.

하찮은 것에도 감격하고 취하고 기뻐할 수 있는 섬세한 감성을 길러야 한다. 경쟁도 좋다. 하지만 어린아이의 여린 감성까지 마비시켜선 안 된다.

인도의 시성 타고르의 젊은 날 일기 한 구절을 감동적으로 읽은 기억이 있다.

갠지스 강에 조용히 낙조가 기울고 있었다. 너무나 조용해서 온 우주가 멎은 듯한 그런 순간 강 한복판에 은빛 찬란한 큰 고기 한 마리가 솟구쳐 올랐다. 그리곤 다시 풍덩 물속으로 모습을 감추었다. 그러자 은빛 물결이, 물결이 잔잔히 온 강기슭으로 번져 나갔다. "아! 자연!" 이 한마디밖에 그는 아무 말도 할 수 없었다.

자연에의 경외, 자연의 아름다움, 자연에의 찬미를 어쩌면 이리도 실감나게 표현할 수 있었을까? 시인이어서일까? 그 순간 시적 영감이 떠올라서였을까?

하지만, 이런 일은 누구나 일상에서 경험한다. 무슨 대단한 일도 아니다. 언제 어디서나 경험할 수 있는 평범한 광경이 아닌가. 다만 느낄 수 있느냐, 있느냐, 얼마나 강하게 감동을 받느냐의 차이가 있을 뿐이다.

심미력(審美力). 이것은 어쩌면 우리 인생에서 가장 소중한 능력

일는지 모른다. 인생과 자연, 아니 모든 사물을 아름답게 보고 느낄 수 있는 능력, 이보다 더 값진 게 또 어디 있으랴.

인간에게 이 심미력이 없다고 상상해보라. 인생이 얼마나 황량하고 삭막하랴. 심미 능력은 인생을 행복하고 기쁨을 느끼며 살 수 있게 만들어 주는 참으로 중요한 능력이다. 이건 어쩌면 왜 살아야 하느냐는 본질적인 물음에 대한 대답일지도 모른다.

아침의 강렬한 첫 햇살의 눈부심, 저녁노을의 황홀함, 밤하늘의 별을 쳐다보는 그윽함, 아 희뿌연 새벽의 그 정적…….

이런 순간들을 그냥 지나쳐 버린다면 너무나 아쉽지 않은가? 우리의 산하만큼 아름다운 풍광은 이 세상 어디에도 없다. 산과 들과 강, 참으로 절묘한 조화를 이루고 있다. 거기다 사계절의 변화가 뚜렷한 계절의 아취가 철마다 다르다. 불행히 우리는 이 아름다운 강산을 소중히 간직할 줄 모른다. 우리가 아름다움의 가치를 크게 소중히 하지 않는 것은 우리에겐 아름다운 자연이 너무 흔해서일 것이다.

이 점에서 일본은 다르다. 일본은 모든 걸 아름답게 가꾼다. '미'에 대한 가치는 대단히 소중한 국민 의식의 하나로 숭상되어 왔다. 아름답게 가꾼 일본 정원의 명성은 세계적이다. 자연미를 살리는 우리 정원과는 대조적이어서 너무 인공적이라는 비판을 받기도 하지만 아름답게 가꾸는 그 정신은 높이 살 만하다.

일본 음식은 눈으로 먹는다고 한다. 맛보다 먼저 보기에 아름다워야 한다. 뒷골목 어느 식당도 청결하고 아름답게 꾸며져 있다. 교토 도시 한복판 하수구에 금붕어가 노니는 걸 보고 놀란 건 나만이 아닐 것이다.

일본 상품이 세계시장을 석권하게 된 것은 일본인의 심미 정신에서 비롯된 것이라고 나는 생각한다. 일본 상품은 우선 보기에 예쁘고 아름답다. 누구나 갖고 싶다.

현대인은 자동차를 사도 우선 보기에 예뻐야 한다. 성능이며 가격은 그 다음이다. 세계 명소 어딜 가든 선물 가게에서 제일 먼저 눈에 뜨이는 건 일본 상품이다. 일본이 경제대국으로 성장한 건 그들 특유의 심미 의식도 큰 몫을 한 것으로 나는 평가하고 있다.

심미 능력은 우리 삶의 질을 한 차원 높여 주는 데 현실적으로도 큰 몫을 하고 있다는 사실을 명심하자. 우리는 주어진 아름다움을 느끼지도, 보존하지도 못한다. 미래사회를 이끌어 갈 인재는 무엇보다 심미안이 있고 심미 능력이 풍부해야 한다.

풀냄새 흙냄새

자연 속에 융화되는 삶을 가르쳐야 한다. 그래야 감성적 감동이 되살아 날 수 있다. 지성과 감성의 조화, 거기서 창조가 이루어 진다.

어릴 적 나는 저녁 식사가 끝나면 마을 뒷강 모래밭으로 달려가 매캐한 모깃불 내를 맡으며 팔베개를 하고 벌렁 드러눕곤 했다. 그 러면 머리 위에 밤하늘 별들의 향연이 펼쳐진다. 난 그때 바라본 밤 하늘보다 신비스럽고 찬란한 하늘을 본 적이 없다. 풀벌레 소리를 귓전에 들으며 아쉽게 눈을 감으면 그제야 싸늘한 밤공기가 알몸을 스쳐 간다.

모진 풍상을 살아오면서 아직도 내 가슴에 훈훈한 기운이 남아 있는 건, 별을 쳐다보면 괜히 슬퍼질 수도 있는 건, 겁 없이 미래 세계에 도전할 꿈이 있고 힘이 있는 건, 그리고 이나마 글줄이랍시고 쓸 수 있는 건 어릴 적 강변의 여름밤이 안겨 준 축복이리라. 나는 그렇게 믿고 있다.

우리가 사는 지구라는 별은 36억 년이라는 유구한 세월에 걸쳐 만들어진 것이다. 길가에 아무렇게나 난 풀 한 포기, 야생화 한 송이, 노랑나비, 작은 새에 이르기까지 상상도 할 수 없는 먼 옛날의 역사를 거쳐 지금 내 앞에 이렇게 살아 있는 것이다.

어찌 하찮은 미물이라 소홀히 할 수 있으리오. 그 속에서 나의 존재를, 위치를 생각하면 생명의 경이로움이 온 몸에 젖어 온다. 나뭇잎 하나, 풀잎 하나까지 모두 소중한 생명체로서 내 속에 살아 움직인다.

푸르름, 거기가 우리 마음의 고향이다. 인간에겐 자연과 함께 살아온 오랜 역사가 있다. 따라서 우리 DNA 속엔 자연에 대한 향수가 각인되어 있는 것이다. 그래서 자연의 품에 안기면 옛 고향에 돌아온 듯 아늑하고 편안한 기분에 젖게 된다. 이를 뇌 과학자는 변연계 공명이라는 아름다운 이름으로 부르고 있다.

우리는 이걸 지켜야 한다. 녹음이 사라지는 날, 인간의 마음도 메말라 버린다. 불행히 오늘 우리는 무차별적으로 자연을 훼손하고 있다. 이 좁은 땅덩이를 아주 콘크리트로 처발라 버릴 기세다. 개발이라는 미명 아래 인간의 힘을 과시하고 있다. 어떤 환경에도 적응

할 수 있다고 생각하는 모양이다.

그러나 지난 수십 년 동안 문명의 기형적 발전은 인간의 적응 능력 한계를 벗어난 세계를 만들어 놓았다. 도심에선 숨이 막히고 물 한 모금 마음 놓고 마실 수 없게 되었다.

다시 한 번 말하지만 산으로 가자. 푸르름 속으로 되돌아 가자. 도심의 밀실, 인공 환경에 찌든 아이와 함께 산으로 가자. 멀리 명산을 찾을 것도 없다. 녹음이 있는 산이면 된다. 사람 발길 따라 절로 나있는 오솔길을 따라 어슬렁거리며 풀 냄새, 흙냄새 맡고 물소리, 바람 소리 들으며 그렇게 거닐면 되는 걸.

가까이 다가와 접해야 인간에게 내재된 푸른 자연이 되살아난다. 거기가 감성의 고향이다.

자연 속에서 뛰노는 아이는 저절로 감각통합 훈련이 된다. 자연은 울퉁불퉁하고 불규칙적이다. 아이는 땅을 밟는 감각이 예민해야 최적의 균형을 유지할 수 있다. 나무, 풀, 곤충을 만져보고 냄새도 맡아본다. 5감뿐 아니라 온몸으로 자연을 느끼며 생명체를 실감하는 일, 이보다 더 좋은 통합학습은 없다.

자연 속에 융화되는 삶을 가르쳐야 한다. 그래야 감성적 감동이 되살아 날 수 있다. 지성만으론 안 된다. 지성과 감성의 조화, 거기서 창조가 이루어진다.

기계문명 시대의 아이들 • • • •

　윤이는 어릴 적부터 컴퓨터 게임에 빠져 있었습니다. 미래사회가 컴퓨터 사회란 것쯤은 상식이니 인텔리 부모는 그저 신기하고 고마웠습니다. 나돌아 다니며 말썽 피우지 않고 컴퓨터 앞에만 앉아 있으니 신통하고 고마울 수밖에. 필요한 전자게임이며 컴퓨터, 비디오, PC. 외국에까지 나가 구해다 주었습니다.

　학교가 파하기 무섭게 윤이는 제 방 컴퓨터 앞에만 앉아 있었습니다. 물론 친구도 없었죠. 그의 컴퓨터 실력은 전문가를 능가했고, 부모는 그게 무척 자랑스러웠습니다. 중학교에 들어가면서 더욱 과열돼 밤늦게까지 기계를 조작하느라 늦잠을 자는 등 학교 수업이 부실해졌습니다.

　중2가 되자 아예 등교 거부, 여름방학 때는 가족 여행을 마다하고 혼자 방 안에만 틀어 박혀 있었습니다.

　부모가 걱정이 되어 병원을 찾아온 것은 윤이가 두문불출한 지 이미 반년도 넘은 시점에서였습니다. 윤이의 방에 들어선 순간 나는 멈칫하지 않을 수 없었습니다. 마치 우주선 선장실 같은 분위기에 놀랐습니다. 벽이며 천장은 입체 스크린, 음향 장치 등 온갖 기계들로 꾸며져 있었습니다. 윤이는 외부 침입자가 들어선 줄도 모른 채 무엇인가를 열심히 조작하고 있었습니다. 방 한쪽엔 말라붙은 짜장면 그릇이 몇 개나 포개져 있었고요.

정신을 차리고 현기증 나는 방안을 살펴보니 윤이가 외출을 않는 이유는 분명해졌습니다. 방안에는 혼자 지내도 아무 불편이 없으리만큼 모든 게 갖추어져 있었습니다. 간이식당, 목욕탕, 화장실까지. 응접실에도 나오지 않아 가족과의 대화도 거의 없다는 부모의 걱정이 이해가 됐습니다.

이렇게 완벽히 갖추어져 있다면 아이가 밖에 나가야 할 이유가 없겠죠. 귀찮고 번거로운 짓을 왜 사서 하겠습니까. 혼자서도 포근하고 즐거운데. 사실이지 윤이에겐 바깥세상이 필요 없었습니다. 윤이와의 대화는 잘 진행되지 않았습니다. 무엇보다 그는 침입자를 달가워하지 않았습니다. 왜 귀찮은 대화를 해야 하는지도 이해하지 못했습니다.

부모의 이야기만 듣고는 정신분열증의 시작이 아닌가 하고 걱정했었는데 다행히 그런 증후는 보이지 않았습니다. 굳이 붙이자면 신종 정신병으로, 기계 친화적 인간 혹은 비분열성 인간 기피증 정도로 해둘 수 있을 것입니다.

걱정이라면 윤이가 저걸로 생계를 꾸려갈 수 있을까 하는 점입니다. 그리고 언젠가는 해야 할 결혼생활이 잘될 수 있을까, 아니면 평생 독신으로 살면서도 행복할 수 있을까 하는 점입니다.

고도의 전자기술 시대가 만들어 갈 미래사회는 신기루처럼 화려하고 신비스러울 것입니다. 하지만, 그 꿈 같은 세계의 뒤안길에는 인류가 미처 상상도 못하는 살벌한 함정이 도사리고 있습니다. 인간성의 상실! 모두가 걱정하는 이 심각한 문제에 이미 노출되어 있습니다. 문명의 꽃이라는 자동차가 사람을 잡아먹고 있는 것도, 공해로 인류가 시들어가고 있는 것도 아직은 약과입니다. 인간성 말살이 진행되면 그게 인류의 멸망을 재촉하는 무서운 병이 될 것입니다.

우리 아이들에게도 이미 그런 불길한 조짐이 나타나고 있습니다. 기계와 친숙한 아이들은 친구가 번거롭습니다. 떼 지어 어울리던 골목 동무가 사라진 지 이미 오래입니다.

전자게임을 해도 혼자가 편합니다. 기계는 시키는 대로 고분고분하니 잔소리나 하는 엄마보다 훨씬 편합니다. 싫으면 스위치만 끄면 그만, 모든 게 자기 마음대로 라는 만능에 빠지게 됩니다.

인성 교육이니 인간성이란 말을 요즈음 부모들은 별로 탐탁히 여기지 않습니다. 하지만 별 관심도, 인기도 없는 이 낡은 덕목을 굳이 끄집어내는 이유가 이해되었으면 좋겠습니다.

미래형 인간으로 키워라

MENTORING 강심장 엄마가 되자

새로운 시대, 새로운 가치관.

우리 아이들은 새로운 시대에 맞는 새로운 방법으로 살아가야 한다. 그러기 위해선 기성의 가치관을 강요해선 안 된다. 미래사회의 새로운 질서, 문화 그리고 가치관 형성을 위해 창의적인 세대로 키워야 한다.

세계가 무대다.

어머니들은 이제 세계를 향해 눈을 크게 멀리 떠야 한다. 그래야 아이를 세계를 휘젓고 달리는 세계시민으로 길러 낼 수 있다. 세계시민으로서의 에티켓과 세계적 안목을 가르쳐야 한다.

개인의 재능, 독창성이 중요하다.

출신이 어떠하든, 학력이 어떠하든, 독창적인 사고를 하는 사람이 성공한다. 세계 무대에서는 창의력으로 승부해야 한다.

100세 시대, 후반전을 준비하라

이제 우리 아이들은 새로운 시대에 맞는 새로운 방법으로 살아 가지 않으면 안 된다. 그러기 위해선 기성의 가치관을 강요해선 안 된다. 미래사회의 새로운 질서, 문화 그리고 가치관 형성을 위해 창의적인 세대로 키워야 한다.

이제 사람의 수명은 1백 년에 육박해가고 있다. 우리나라는 이미 고령화사회로, 2050년에는 65세 이상 노인 인구가 35%에 육박할 것으로 전망된다. 그런데도 100세 시대를 현실로 받아들이는 사람 은 거의 없다. 현재 80세 안팎인 사람들은 장수 1세대로, 이들은 자 신이 이처럼 오래 살 줄 몰랐던 첫 세대다. 그래서 이들은 전혀 100 세 시대를 대비하지 못했다.

하지만 아이를 키우는 어머니는 이 사실을 잘 새겨 둬야 한다. 아이의 전반전만 중요한 게 아니다. 후반전도 풍요롭게 살아갈 수 있도록 어릴 때 근기(根氣)를 길러줘야 한다. 전반전 때 이를 준비하면 후반전을 가뿐히 보낼 수 있다. 후반전의 승자가 최후의 승자다. 50년이 멀다면 우리 아이가 40, 50살이 되는 30년 앞은 보고 키워야 한다.

그리고 앞으로의 1백 년 동안 이 세상이 어떻게 변할 것인가를 찬찬히 생각해봐야 한다. 그러한 사회에 적응하여 보람 있는 생을 보낼 수 있게 키워야 한다.

문제는 그 사이에 문명이 그리고 세계가 어떻게 변할까 하는 것이다. 변할 것은 확실하지만 불행히 어떻게 변할 것인지는 어느 미래 학자도 정확히 그려내지 못하고 있다. 우리는 지금 불과 몇 년 후에 닥쳐올 변화마저 예측할 수 없는 불확실성 시대에 살고 있다.

지하철을 타면 모두 스마트폰에서 눈을 떼지 못한다. 걸어 다니며 전화 통화를 하게 된 것도 그리 오래된 일이 아닌데, 스마트폰으로 언제 어디서든 이메일도 보내고, 궁금한 것이 있으면 바로 인터넷 검색도 할 수 있다. 이제 스마트폰 없이는 일상이 돌아가지 않을 정도다. 스마트폰이란 게 우리 일상을 지배할 줄 누가 상상이나 했던가?

세상이 어떻게 변해갈지는 누구도 모르지만 분명한 것은 지금 내 품에서 자라고 있는 아이가 자라 어른이 되고, 그리고 노인이 되는 날 지금과 같은 세상에서 살게 되진 않으리란 점이다. 다만, 분명한 것은 어떤 시대, 어떤 상황이 와도 '도덕과 인격을 갖춘 사람'

이 되어야 한다는 것이다.

성공이라는 형태도 달라진다. 출세니, 입신양명이니 하는 것도 물론 그 의미가 달라진다. 가치관, 행복이란 것도 우리가 갖고 있는 것들과는 전혀 차원이 다르다. 돈과 명예보다는 행복과 여유를 찾아 자기 소신대로 살아가는 요즘 젊은이들을 보면 이미 달라지고 있다. 우리 아이들은 이제 삶의 질을 묻고 있다. 생존이 아니라 생활의 질을 추구하고 있는 것이다.

일등을 하기 위해 버둥거리기보다는 일등은 못해도 느긋하게 사람답게 살겠다는 주장이다. 정말 복 받은 아이들이다. 우린 이런 세대의 탄생을 얼마나 오랫동안 기원해왔던가? 모두에게 축하할 일이다. 시대가 바뀌고 아이들 생각이 이러하다면 우리의 생각에도 근본적인 변화가 와야 한다.

부귀다남(富貴多男) — 지금도 베갯모에 그런 꿈이나 새겨 넣는 어머니라면 당신은 박물관이나 가야 할 사람이다. 하나는커녕 아예 안 낳겠다는 젊은 부부도 늘고 있다. 아이는커녕 결혼은 생략한 채 그냥 사는 동거 부부도 있다.

돈, 권력, 명예, 인기……. 이런 가치관이 하루아침에 없어지진 않을 것이다. 하지만 이를 얻기 위한 무한경쟁이 과연 내 인생에 어떤 의미가 있는 것인가를 젊은 세대는 심각히 묻고 있다. 무한경쟁, 무한개발이 빚은 공해, 생태계 변화 등 지구 종말론까지 제기되고 있는 이 현상을 이들은 냉철한 눈으로 바라보고 있는 것이다.

불행히 우린 아직도 체질화된 경쟁 의식을 아이들에게 의식, 무의식적으로 강요하고 있다. 달리기든 공부든 일등을 해야 한다. 그래야 직성이 풀린다. 아이 생각은 뒷전, 어머니 욕심이 먼저다. 그러니 교사도 학교도 변할 수 없다.

지금도 우리 교육은 경쟁 지향적 요소가 너무 강하다. 사회 분위기도 마찬가지. 수석 졸업, 수석 합격, 무슨 음악 콩쿠르 일등……. 노래 잘하고 공부 잘하는 건 좋은 일이다. 그러나 꼭 일등이어야 하는 건 아니다. 잘하도록 노력은 해야 한다. 그러나 경쟁을 위해서가 아니다. 일등을 위해서도 물론 아니다.

주어진 삶에 최선을 다하는 것은 자신에 대한 책임일 뿐이다. 신에 대한 사명이요, 사회에 대한 의무이다. 사람에겐 타고난 능력을 최대한으로 발휘해야 할 책임이 있다.

우린 일등이 아닌 일류를 지향해야 한다. 누구를 상대로 경쟁을 시키면 적이 생기게 된다. 이젠 적이 아니고 친구를 가르쳐야 한다. 친구와 손잡고 즐겁게 더불어 사는 세상을 만들도록 가르쳐야 한다. 지금 우리 아이들은 그런 방향으로 가고 있다. 우리가 방해만 안 한다면 그렇게 된다.

우리 기성세대가 물려 준 유산이 그들에겐 오히려 큰 부담일 수도 있다. 이제 우리 아이들은 새로운 시대에 맞는 새로운 방법으로 살아가지 않으면 안 된다. 그러기 위해선 기성의 가치관을 강요해선 안 된다. 미래사회의 새로운 질서, 문화 그리고 가치관 형성을 위해 창의적인 세대로 키워야 한다. 오늘의 기성세대는 막중한 책임을 지고 있다. 그 점에서 우리의 잘못된 교육제도는 물론, 무엇보다 어머니의 의식에 혁명이 일어나야 한다. 발상부터 뿌리째 바뀌지 않으면 안 된다. 그렇지 않고는 결코 새 시대에 맞는 사람으로 키워낼 수 없다.

세계시민으로 길러라

당당히 세계시민의 대열에 들어선 우리 젊은이들의 모습에서 우리는 내일의 꿈을 읽을 수 있다. 어머니들은 이제 세계를 향해 눈을 크게 떠야 한다. 세계시민으로서 지켜야 할 에티켓을 가르쳐야 한다.

피렌체 광장은 세계에서 모여든 사람들로 붐비고 있었다. 마치 인종시장 같아서 사람 구경만으로도 돈이 아깝지 않다. 꼴불견도 많았다. 동상에 올라가는 녀석, 남 사진 찍는 앞으로 유유히 걸어가는 녀석, 담배꽁초를 버리는 녀석, 떠드는 녀석…….

어느 나라 사람인지 이마에 써 붙이지 않아서 알 수 없었지만 세계시민으로 부끄러운 무리들이었다. 쯧쯧, 혀를 차고 있는데 한 무리의 젊은 아가씨들이 나타났다. 짧은 바지에 경쾌한 옷차림이었다. 표정도 밝고 주위 사람들에 대한 예의도 발랐다. 어느 나라 사람일까? 누가 저렇게 잘 가르쳤을까? 부러운 시선으로 바라보고 있는데 이게 웬일인가. 가까이서 들어보니 한국말을 하고 있는 게 아닌가?

'아! 한국 사람이었구나!' 난 순간 묘한 자부심 같은 걸 느꼈다. 예전에는 유럽에서 한국인을 만나기란 쉽지 않았다. 우리 형편이 그러질 못했기 때문이다. 세계 사람이 다 모였는데 우리는 왜? 하는 아쉬움이 컸다. 그런데 오늘, 세계인이 모이는 이 광장 수많은 사람 가운데서 단연 돋보인 그들이 한국 사람이라니.

"이 박사님 아니세요?"

이렇게 시작된 우리의 만남은 더욱 즐거웠다. 그들은 모 항공사 승무원이었다. 로마 직행 항로에서 하루 휴식을 취하는 중이었다. 우리는 어깨동무를 하고 사진도 찍었다. 그들이 돌아간 후 난 묻지도 않은 외국 동료에게 그들이 한국 여자란 설명을 길게 하였다.

이젠 세계 어느 구석에서도 젊은이들이 모인 곳이면 쉽게 한국의 배낭족을 만날 수 있다. 우리 젊은이들이 세계 청년과 함께 지도를 펴고 정보를 교환하며 웃고 떠들고 하는 모습이 그렇게 자랑스럽고 흐뭇할 수가 없다. 이젠 당당히 세계시민의 대열에 들어선 그들의 모습에서 우리는 내일의 꿈을 읽고 있는 것이다.

세계는 하루가 다르게 변하고 있다. 어머니들은 이제 세계를 향해 눈을 크게 떠야 한다. 그래야 아이를 세계를 휘젓고 달리는 세계시민으로 길러 낼 수 있다. '우리 집 아이'가 아니고 건전한 상식을 갖춘 세계시민의 일원으로 키워야 한다. 이것은 거스를 수 없는 시대적 요청이다.

그렇다면 구체적으로 무엇을 어떻게 해야 할 것인가. 무엇보다 중요한 건 기본을 가르치는 일이다. 아무리 문화가 다르고 시대가 바뀌어도 인간 생활에서 지켜야 할 기본은 변하지 않는다.

첫째, 남에게 폐를 끼치는 일을 해선 안 된다. 이건 어느 사회, 어느 시대에도 지켜야 할 만고불변의 진리다. 우선 목청 높여 떠드는 일은 안 된다. 우린 이 점에서 대단히 미숙하다. 너무 목소리가 크다. 호텔 로비에서, 복도에서, 혹은 식당, 대합실에서도 마찬가지다. 작은 목소리로 소곤거리며 대화해야 한다.

둘째, 줄을 잘 서야 한다. 표를 살 때도 물론이고 물을 일이 있어도 앞 사람이 끝나기를 기다려 물어야 한다. 앞 사람이 직원과 용무를 보는 동안엔 누구도 방해해선 안 된다. 말 한마디 묻는 거야 어떠랴 싶어 옆으로 가서 묻다간 큰 창피를 당한다.

셋째, 규정을 지켜야 한다. 미술관이든, 승강기 안이든 그 장소에서 지켜야 할 주의사항이 있고 규정이 있다. 하찮은 일이라 생각말고 잘 지켜야 한다.

쓰려면 끝이 없지만 하나만 더 쓰자. 얌체 짓은 말아야 한다. 신사도에 어긋나는 일을 해선 안 된다.

'아니, 줄서기라니? 이게 무슨 유치원 교과서인가?'라고 항의하는 독자의 목소리가 들린다. 하지만 이게 엄연한 우리의 실상이다. 외국 호텔에서 '한국 손님 사절'이란 게시문을 본 적이 있다. 시끄럽고 무질서한 한국에는 다시 오고 싶지 않다는 외국 관광객도 있다. 우리는 기본을 안 지키고 있다. 그래서 세계시민으로부터 조롱을 받고 있는 것이다. 이제 우리는 어디서 무얼 하든 세계시민의 일원으로서 생활하고 있다는 사실을 잊어선 안 된다. 최소한 지켜야 할 기본은 지켜야 한다.

그 다음 갖춰야 할 것이 외국어다. 특히 영어는 필수다. 유창하게 잘할 것까지야 없다. 하지만 영어를 하고 못하고의 차이는 엄청나다. 한국말을 못하면서 한국에서 살아야 하는 상황을 상상해보면 된다.

의사소통이 가능해지면 외국 손님을 집으로 초대해보자. 요즈음은 주한 외국인도 많다. 국제행사 때 잠시 다녀가는 사람도 많다. 국제기구를 통해 민박을 자청하는 것도 방법이다. 아니면 대학에 부탁해서 외국 학생에게 호스트 가족이 되어 주는 방법이 있다.

난 유학 시절 호스트가 되어 주신 프랭클 가문과 지금도 한 가족처럼 지낸다. 미국에 있는 우리 5형제 모두가 미국에 정착하기까지 많은 도움을 주었고 지금도 서로 왕래가 빈번하다. 그 집 아이 둘이 여름방학을 우리 아들네에서 보내고 간 적도 있다. 세대를 걸친 국제 친교다. 집에 외국 손님이 오면 아이들 눈이 달라진다. 세계를 보는 눈이 달라지고 인생을 생각하는 스케일이 커진다.

유럽연합이 하루아침에 된 게 아니다. 유럽인은 최소한 3~4개 언어는 익히고 있다. 저녁 찬거리를 사러 국경을 넘나든다. 사실 이들에겐 외국이라는 개념조차 희박하다. 이들의 눈은 항상 세계를 향해 열려 있다. 그래서 숱한 영욕의 역사를 안고서도 유럽연합을 가능케 했을 것이다.

세계여행도 좋다. 단 호텔보다는 민박을 권하고 싶다. 사실이지 호텔은 이제 세계 어딜 가나 똑같아져서 그 나라 풍물을 보고 느끼기엔 아쉬운 점이 많다. 민박이 어려우면 작은 여관일수록 그 나라 냄새가 짙다.

이제 세계는 점점 좁아져 한 마을처럼 되어 가고 있다. 앞으로의 아이들은 배울 것도 많다. 문화적 이질감을 극복하도록 해야 한다. 문화적 다원주의에 대한 이해를 통해 세계적인 안목을 길러 줘야 한다.

미래의 리더는 재능으로 결정된다

개인의 재능이 중시되는 시대가 되었다. 그의 출신이 어떠하든, 학력이 어떠하든, 그가 옛날에 무엇을 한 사람이든 상관없다. 중요한 건 현재 그가 어떤 재능을 갖고 있느냐다.

〈타임〉지는 해마다 세계에서 가장 영향력 있는 100인을 선정해 발표한다. 세계를 움직이는 인물은 누구일까? 자랑스럽게도 2009년에는 가수 비가, 2010년에는 김연아 선수가 당당히 100인에 선정되었다.

세계에서 가장 영향력 있는 100인의 인물에는 이렇게 정치인뿐 아니라 가수, 스포츠 선수, 영화배우, 요리사, 환경운동가, 사상가 등 다양한 분야의 인물들이 선정된다. 여기서 우리의 미래사회는 어떤 인물을 필요로 하는지 짐작할 수 있다.

미래사회의 리더가 되기 위해서는 몇 가지 조건이 있다.

첫째, 세상을 새롭게 보여준 사람이다. 즉, 사람들에게 새로운 안목을 갖게 해주는 데 공헌한 사람이다.

둘째, 새로운 사실을 알려 준 사람, 즉 새로운 발상과 창의적인 사람이어야 한다는 점이다.

셋째, 사고방식을 바꿔 놓고 우리를 즐겁게 해준 사람이다.

얼마 전까지만 해도 정치 거물, 재력가, 투쟁가, 종교계 거물 등이 손꼽혔지만 이젠 선정 기준이 특정 집단의 배경보다 개인의 재능을 중시하는 쪽으로 옮겨졌다는 사실에 주목할 필요가 있다. 연예, 스포츠, 문화, 휴식, 건강 등 개인의 창의성이나 정서에 만족을 주는 사람으로 바뀌었다는 사실이다.

이건 이제 거창한 슬로건이나 외치고 특정 집단의 세를 과시하는 보스나 돈의 위력이 아니라 개인의 재능이 중시되는 사회가 되었음을 의미한다. 일상생활에 와 닿는 인물, 그리고 삶의 질을 한 차원 높여 줄 재능인이 미래사회의 주역이 될 것임을 시사하고 있는 것이다.

개인의 재능이 중시되는 시대가 된 것이다. 그의 출신이 어떠하든, 학력이 어떠하든, 그가 옛날에 무엇을 한 사람이든 상관없다. 중요한 건 현재 그가 어떤 재능을 갖고 있느냐다. 이걸 읽고도 우리가 지금 갖고 있는 기준으로 아이를 평가하는 어머니가 있다면 참으로 딱한 일이다.

자유롭고, 독창적으로 사고하라

자기만의 독창적인 생각을 할 수 있어야 특권을 누릴 수 있다. 그러기 위해선 기존의 틀에서 벗어나 지금까지의 것과는 뭔가 다른 나만의 것을 내놓아야 한다.

이젠 누구에게도 특권은 주어지지 않는다. 누구 집 아들이니, 엘리트니 하는 것만으로 특권을 누리던 시대는 지났다. 국제화가 진전되고 컴퓨터가 본격화되면 기회는 모든 사람에게 주어지는 것. 누구라고 특별할 수 없다.

특권을 누릴 수 있는 자격은 딱 한 가지, 자기만의 독특한 생각을 할 수 있어야 한다. 나 이외엔 누구도 하지 못하는, 그야말로 독특하고 독창적인 생각이라야 한다. 그러기 위해선 기존의 틀에 매이지 않고 자유로운 발상, 창의적인 발상을 할 수 있어야 한다. 과거에 하던 것과 같은 연장선상에서 미래를 생각할 수는 없다.

세상은 빠른 속도로 무섭게 변하고 있다. 변화와의 싸움에서 이겨야 한다. 세상의 변화보다 자신의 변화가 빨라야 한다. 그러기 위해선 기존의 틀에서 벗어나 지금까지의 것과는 뭔가 다른 나만의 것을 내놓아야 한다. 그게 전문성이다. 전문성이란 각자의 특성, 특징, 개성을 살려 자기만이 할 수 있는 표현이다.

사실 인간이란 원래 타고난 자질, 특질이 다르고 살아 온 환경, 경험을 비롯해서 흥미도 관심도 다른 삶을 살아가고 있다. 따라서 모두가 서로 다른 발상을 하는 건 어쩌면 당연한 일인지도 모른다. 그럼에도 우리는 너무나 획일적이어서 남과는 다른 생각을 못하게 되어 있다. 우리는 아직 세계적 디자이너를 배출하지 못하고 있다. 현대는 디자인의 시대라고 한다. 기발한 디자인으로 상품 구매 욕구를 자극해야 한다. 이 분야는 아무것도 필요 없고 오직 기발하고 독창적인 아이디어 하나만 있으면 된다.

로위란 이름이 생소한 사람도 있을 것이다. 그러나 미국 럭키 스트라이크 담배갑에 찍힌 빨간 태양은 기억할 것이다. 그 강렬한 디자인으로 일약 거부가 된 사람이다. 그는 여기서 그치지 않았다. 주스 잔에서 전기 제품의 디자인에 이르기까지 2차대전 무렵 아이디어 하나로 떼돈을 번 신화적인 존재로 떠올랐다.

지금 세계시장을 휩쓸고 있는 유명 디자이너들도 하나같이 맨주먹의 거부들이다. 공장 하나 없이 책상 하나뿐인 사무실에서 컬러복사한 새 디자인을 세계 각국에 보낸다. 이를 채택, 생산하는 업자에게서 로열티를 받아 챙긴다. 채택 안 돼도 그뿐, 밑천 든 게 없으니 손해 볼 것도 없다.

디자인 세계뿐인가? 광고 시장을 비롯해서 미래사회는 아이디어의 전쟁터가 된다. 끊임없이 새로운 걸 내놓을 수 있어야 한다. 사람들은 새로운 것에의 강박적 욕구가 있다. 물건도 오래 안 쓴다. 얼마간 쓰면 쉽게 식상해 그만 버리고는 또 새것을 산다. 상품 광고나 백화점에서 새로운 것을 보고 나면 쓰던 물건이 그만 지겹고 싫어진다. 그래서 또 새로운 것을 찾는다.

독창적 발상을 위해선 남이 못 보는 것을 볼 수 있어야 한다.

첫째, 많이 보아야 한다. 그러기 위해선 많이 다녀야 한다. 족고(足考)란 말이 있다. 발로 생각한다는 뜻이다. 정보는 발로 뛰며 현장에서 얻은 것이라야 생생한 것이다.

둘째, 다니는 것만으로는 안 된다. 관심을 갖고 보아야 한다. 그리고 감수성을 닦아야 한다. 그럴 때 비로소 '응? 저건 왜 저럴까?' 하는 새로운 발상의 싹이 튼다. 이것이 심고(心考)이다. 마음으로 생각하는 일이다. 이런 사람이면 같은 걸 보더라도 다른 각도에서 분석, 정리하여 나만의 것으로 조립해 독자적 생각을 할 수 있게 된다.

셋째, 수고(手考)이다. 손으로 쓰면서 생각한다는 뜻이다. 생각이 떠오르면 즉시 써 놓아야 한다. 잠결에 떠오르는 생각도 물론이다. 그 때를 놓치면 영영 기억에서 사라진다. 참으로 좋은 생각이었는데……. 두고두고 아쉽다. 그리고 쓰는 동안에 여러 가지 연상 작용이 일어나 더 좋은 생각으로 결집된다.

마지막은 구고(口考)이다. 입으로 말하면서 하는 생각이다. 무슨 생각이든 대충 정리가 되면 다른 사람에게 말로 옮겨 이야기를 해 봐야 한다. 이야기가 진행되는 동안 참으로 놀라운 일이 머리속에 일어난다. 미처 생각도 못했던 기발한 아이디어가 말하는 동안 연쇄적으로 일어난다. 이것은 강의나 강연을 해본 사람이면 누구나 경험하는 일이다.

이런 일련의 생각들은 수재들만의 몫이 아니다. 누구나 그렇게 노력하면 가능한 일이며, 거기에서 독창적인 새로운 발상이 이루어지는 것이다.

+ Brain

창조의 우뇌

감이 생기면 일단 해보는 거다. 그래야 독창성이 개발된다. 이런 현상을 중추 생리학에선 우뇌형이라 부른다. 대뇌의 오른쪽 반구는 주로 직관이라 이미지, 감 등 추상적인 정신활동을 하는 곳이다. 거기에 반해 좌뇌는 언어나 논리, 이성, 객관성, 합리성, 고정관념 등 구체적인 정신활동을 맡고 있다.

따라서 좌뇌가 한 단계씩 논리적으로 일한다면 우뇌는 10단계, 20단계씩 비약하는 특성이 있다. 따라서 좌뇌는 융통성이 없다. 틀에 매여 세부상황까지 꼬치꼬치 따져야 하기 때문이다. 실수를 해서도 안 되고 무슨 생각을 하든 논리적이고 과학적이어야 한다.

지금까지의 연구결과에 의하면, 한국인들은 대체로 우뇌 우위형이 많다. 우리가 어림짐작으로 대충 하는 버릇도 우뇌에서 비롯된다. 하지만 지난 세기 동안 우리의 교육은 다름 아닌 좌뇌형 인간을 만드는 데 주력해왔다. 사물을 보되 언어나 논리만으로 보지 말고 감성이나 직감도 함께 동원해야 한다. 그래야 독창성이 발휘된다. 그게 곧 개성이다.

우뇌를 개발하라. 세상만사가 논리적이고 과학적인 생각만으로 이루어지는 건 아니다. 이 세상엔 상식으로 생각할 수 없는 엉뚱한 일들이 얼마든지 가능하다. 좌뇌만으로는 발전할 수 없다. 우뇌가 앞서 가고 좌뇌는 뒷바라지하는 보조역할을 해야 한다. 좌뇌적 지성을 우뇌적 감성으로 부드럽게 하자. 좌뇌가 의식적인 영역이라면 우뇌는 잠재의식의 영역이다. 여기에 무한한 가능성이 있다. 우뇌가 감성과 창조성, 잠재능력의 보고인 것은 이 때문이다.

강심장 엄마가 되자 • • • •

어머니는 하도 어이가 없어 말을 잇지 못했습니다.

"그 아이가 뭐에 씐 거지요. 그렇지 않고야 어떻게 그런 여자와 결혼을 하겠다고 그럽니까? 똑똑한 아이였다고요. 생각이 깊은 아이였어요. 그렇게 경솔한 아이가 아니었다고요. 미치지 않고서야 어떻게 그럴 수가? 그런데 정말 미칠 일은 녀석이 온전하다는 사실이에요. 이야길 해보니 멀쩡하더라고요. 차라리 미쳤다면 정신병원에 넣어 치료라도 하지요. 도대체 이 일을 어떻게 해야 되는 겁니까?"

나는 그 때까지 한마디도 할 수 없었습니다. 뉴욕에서 귀국하자마자 곧장 달려온 어머니였습니다. 어머니는 가방에서 사진 한 장을 꺼내 책상에 놓았습니다. 한 청년이 흑인 여자와 다정하게 포즈를 취하고 있었습니다.

"약혼 사진이래요."

함께 온 여동생이 거들었죠. 공부만 하느라 데이트 한 번 못해본 오빠랍니다. 그런데 얼마 전 장거리 전화로 신부감을 구해 놓았으니 와 보라고 했답니다. '박사 학위 논문 쓰느라 정신없는 아이가?' 어머니는 석연찮은 기분으로 서둘러 뉴욕으로 갔습니다. 공항에 내리자 아들 녀석이 뚱뚱한 흑인 여자와 함께 마중을 나온 것입니다. 그리고 아주 당당히 '약혼자'라고 소개를 하는 게 아니겠습니까?

하늘이 노래지면서 아무 것도 보이지 않았습니다. 겨우 정신을 차려 녀석의 아파트로 가보니 둘은 이미 동거 중이었습니다. 더욱 기가 막힐 일은 아들 녀석이 그렇게 행복해할 수가 없더라는 것입니다. 어머니는 아무 말도 할 수 없었습니다.

한국의 여느 어머니도 비슷한 반응일 것입니다. 하지만 이제부턴 놀라지 말아야 합니다. 요즈음 아이들 키우는 어머니라면 무엇보다 심장이 튼튼해야 합니다. 무슨 일이 일어날지 모르니까요. 어디 사고뿐이랴. 상상을 초월하는 사건의 주인공이 되기 때문입니다.

사내아이가 무용수가 되겠다는 통에 단식 투쟁을 한 아버지 이야기를 아빠 편에서 소개했습니다. '딴따라'라니? 이젠 젊은이의 우상이요, 인기직업입니다. 설마 아직도 '뭐니 뭐니 해도 등 따습고 배부른 게……'하는 생각으로 아이를 키우고 있지는 않겠죠?

세계가 좁다고 우주를 향해 날고 있는 우리 아이들입니다. 머지않아 우주선 선장도 탄생할 것입니다. 그 유니폼이 어떤 모양일지 궁금하지 않습니까?

오직 박애 정신 하나로 소말리아의 기아 전선에서 싸우는 거룩한 우리 젊은이도 많습니다. 아마존 밀림에서 개구리 생태를 연구하는 학구파도 있고요, 히말라야 설산에 운명을 묻고 평생을 길잡이로 보내는 젊은이도 있습니다.

젊은 어머니는 깨어 있어야 합니다. 세계를 향해, 우주를 향해 그리고 백 년 후의 미래를 향해………

epilogue • • •

어느 시대에나 통하는
코어 밸류를 가르쳐라!

여기까지 쓰고 보니 상당히 파격적인 이야기를 한 것 같다. 좀 보수적인 부모에겐 충격적인 내용도 적지 않을 것이다. 특히 종래의 학교 공부에 대한 비판이 많아서 지금도 '공부를 잘해야 한다'는 강박이 머리에 박힌 부모들은 동의하기 힘든 내용도 있다.

나 역시 동감이다. 폭넓은 교양을 위해선 책상 앞에 앉아 성적만을 위한 공부에만 몰두해선 안 된다는 뜻으로 쓰긴 했지만, 이 말에 너무 현혹되어선 안 될 것이다. 결론적으로 학교 공부도 잘해야 한다. 그러면서 폭넓은 인간적 경험을 쌓아야 진정 '유능한 인재'가 될 수 있는 바탕이 마련된다.

공부 잘하는 아이가 반드시 유능한 인재는 아니다. 그렇다고 사회적이고 품성이 좋은 인간이 성공하는 유능한 인재가 된다는 보장도 없다. 결론은 학교 공부도 잘하고 사회 공부도 잘하는 사람이 유능한 인재가 된다는 뜻이다.

앞에서 기업에서 찾는 인재, 대학에서 찾는 인재상이 획기적으로 달라졌다는 사실을 강조한 바 있다. 앞으로의 시대가 요구하는 인재는 우리가 전통적으로 가져왔던 수재형과는 아주 다르다. 하지만 오해 말아야 할 것은 학교 공부도 잘해야 한다는 것이다. 기본적인 머리가 있어야 한다는 뜻이다.

하지만 우리는 지금까지 지나치게 지성 일변도의 교육을 시켜왔고 감성적 측면을 무시해왔다. 이건 안 된다. 미래사회는 지성과 감성의 균형 잡힌 인재여야 한다는 걸 강조하려다 보니 지성 일변도의 학교 교육을 비판적으로 쓴 것 같다.

하지만 기본은 학교 교육이다. 미국 오바마 대통령도 여러 차례 한국 교육의 우수성을 언급한 적이 있다. 두뇌교육이 우수해야 유능한 인재가 길러질 수 있다는 게 그의 신조다. 미국은 너무 자유분방한 체재여서 정형적인 학교 교육은 소홀히 하고 있다. 대통령으로서는 이 점이 걱정스러웠던 모양이다. 세계 학력대회에서 우리 젊은이들이 상위권으로 두각을 나타내는 게 부러웠을 것이다.

젊은이가 학교 공부를 게을리 하면 국가의 미래가 걱정될 수밖에 없다. 대통령으로서는 당연히 할 수 있는 걱정이다. 그 점에서 학구열이 왕성한 우리는 어쩌면 행복한 고민을 하고 있는지 모른다.

결론은 학교 공부도 잘해야 한다는 점이다. 그 위에 폭넓은 교양을 쌓아야 한다. 공부에 쫓겨 중요한 학교 외 수업을 소홀히 하지는 말자는 이야기다. 가령 리더십이나 예절, 도덕성, 창의성 등 사회가 정녕 필요로 하는 이런 중요한 수업은 학교에선 가르치지 않는다. 이건 주로 집에서 부모가 가르쳐야 할 덕목이다.

즉, 성숙의 시대, 과정을 중시하는 시대에서 필요로 하는 믿음, 정직, 책임, 배려와 같은 코어 밸류를 가르치자는 말이다. 이러한 코어 밸류는 시대가 어떻게 바뀌어도 언제나 통하는 진리라는 점을 잊지 말자.

● 참고문헌 ●

: 이시형, 공부하는 독종이 살아남는다, 중앙북스, 2009

: 이시형, 아이의 자기조절력, 지식채널, 2013

: 이시형, 뇌력혁명, 북클라우드, 2013

: 이시형, 인생내공, 위즈덤하우스, 2014